U0920043

KEY·可以文化

乔治·桑德斯作品

George
Saunders

Pastoralia

天堂主题公园

[美]
乔治·桑德斯
——著

张伟红 陈楠楠
——译

Zhejiang Literature & Art Publishing House

精彩评论

乔治·桑德斯以他强大的想象力写作了一个荒野故事,他非常幽默,同时又表现出极大的同情,《天堂主题公园》就是这样独特的存在。

——利兹·詹森,《独立报》,“年度最佳图书”

《天堂主题公园》中富有想象力的生动细节、令人信服的叙事节奏、纯熟的写作技巧以及形象的隐喻,都说明了这是一个成熟的黑色幽默作品……桑德斯的写作延续了品钦、库尔特·冯内古特和卡尔·希亚森的幽默讽刺风格,同时又极具个人特色。

——《文学评论》

读到这本书令我感到非常欣喜……作为一位讽刺作家,桑德斯的作品融合了贝克特和巨蟒剧团的幽默感,他把我们带入了一个超现实的、怪异的，却又与我们所处的现实相联系的近未来……《天堂主题公园》带有桑德斯一贯的犀利和黑色幽默风格。

——《星期日电讯报》

桑德斯已被《纽约客》提名为四十岁以下的二十位美国最佳小说家之一，他以一种毫无保留的严肃的态度来关注他所看到的现实生活，他擅长描写生活中那些格格不入的人，他们可能丑陋、不善言辞，甚至如垃圾一样不会有人理睬……但让人感到意外的是，他给这些人物设置的前景并不是全然黯淡的；桑德斯的写作可能的确暗黑，但他仍然让作品中的人物保存着一种人性的执着和对一个微小的目标的不懈追求，正是这样我们能从中看到一线希望，而不是彻彻底底的失败。

——《泰晤士报》

乔治·桑德斯是当下最好的小说家之一。

——《泰晤士报文学增刊》

我今年阅读的最大发现是乔治·桑德斯的《天堂主题公园》。

——罗文·佩里，《每日电讯报》，“年度最佳图书”

《天堂主题公园》太精彩了……小说写了众多美国的孤寡人群和被遗弃者的故事,构思精巧却又略带隐晦,这些故事都用桑德斯超现实的、碎片化的表达方式写成,疯狂也令人感动,读过之后内心久久不能平静。

——Uncut 杂志

《天堂主题公园》太棒了……桑德斯拥有自约瑟夫·海勒和库尔特·冯内古特以来少有的锋芒毕露的讽刺风格……《天堂主题公园》是一本苦涩的书,但正是书中透露的那股厌世情绪使它成为一本非常有趣的书。

——《英国地铁报》

桑德斯的书中充满了一群离经叛道的与周围世界格格不入的人,相信看过哈尔·哈特利的电影或读过克里斯·莫里斯的人一定不会感到陌生……《天堂主题公园》是桑德斯用心创作的作品,它如同一头野兽一般,辛辣大胆且极具开创性地进行社会讽刺,真的太有趣了。

——Face 杂志

正如桑德斯在他的《衰退时期的内战疆土》中所表现出来的那样，他是如此与众不同的一位作家，他在引爆情感与想象力的书写之中引入了幽默的特质。

——《每日电讯报》

狂热，技法娴熟，节奏感强。桑德斯的第一部小说集《衰退时期的内战疆土》曾获得托马斯·品钦和托比亚斯·沃尔夫的赞誉，而《天堂主题公园》更是不负众望。桑德斯是一位充满想象力的漫画家式的写作者。

——《每日先驱报》

抓住了现代美国内在的疯狂，同时保持了自己朴实真挚的魅力……一本值得珍藏的书。

——Big Issue 杂志

乔治·桑德斯用《天堂主题公园》打动了我，他用一些有趣而愤怒的故事猛烈抨击美国企业稀松平常的冷酷残暴，并为蓝领受害者们大声疾呼。

——艾伦·汤姆森，《先驱报》，“年度最佳图书”

桑德斯理所当然地获得了评论界的一致好评……这本书太奇特了，它无法被下定义，但它值得被推荐。桑德斯笔下的风景是那么熟悉却又扭曲，有趣却又悲伤，常常是彻头彻尾的怪异……就像巨蟒剧团和约翰·沃特斯混在一起，再另外加上一点杰瑞·施普林格。非常怪僻和奇妙。

——QX 国际 杂志

献给葆拉

目　录

天堂主题公园

1

我必须承认自己感觉不太好，不是说我表演得不好，也不是说我有什么值得抱怨的，更不是说哪怕有什么值得抱怨的，我就会真的开口抱怨。不会的。因为我向来积极思考、乐观表达。我弯腰蹲在地上，等着有人把脑袋伸进来，尽管已经整整十三天都没人伸进脑袋了；而且，珍妮特跟我说英语的次数越来越多，而这也正是让我感觉不好的原因之一。

“天哪，”她今天一早张口就说，“我讨厌烤山羊，再这么下去我快要疯了。”

这话叫我怎么接？这让我左右为难。她觉得我是个老好人，也知道说英语让我不舒服。她是对的，的确如此。我们现在的日子过得还行：每天早上都有一只新鲜宰杀的山羊放在我们的大槽里，小槽里则放着一盒火柴。这总比有些人强吧。他们有些得挖陷阱捕野兔，有些得装扮成拓荒者剁掉鸡头，可我们不需要。我只要把死山羊从大槽里拖出来,用尖石头把羊皮剥下就行,珍妮特只需生火。所以说,我们的活儿还不错。虽说没以前好,但总体也还不错。

以前经常有人把头伸进来那会儿,我们很喜欢自己的工作,表演得很卖力。有时候我们会嘴里叽里咕噜地吵吵打打,我每次准备抓土扬到她脸上时,都会先怒气冲冲地拿一块石头猛击另一块,这样她就知道及时闭上眼睛。有时候她会做一些笨拙的编织活儿,就像是最古老的手工编织。有时候我们会下山到"俄国农场"烧烤。我记得那时默里和利昂还在,利昂在跟艾琳谈恋爱,艾琳主要负责养猫。不过现在,因为伸进的脑袋急剧下降,那些俄国农民都被分流了,有些去了"管理处",但大部分都没有,艾琳养的猫也都成了群没人管的野猫。说实话,有时候我真担心哪天早上走到大槽那儿却发现没有山羊。

2

今天早上我走到大槽那儿却发现没有山羊,取而代之的是一张纸条。

坚持,坚持一下。上面写着。山羊会有的,拜托,别小瞧我们。

问题是,这会儿我本该用尖石头剥羊皮了,现在没有羊了我该干什么呢？我决定假装生病，蜷缩在角落浑身哆嗦，痛苦呻吟。时间有点难熬。用尖石头剥羊皮的时候，一个小时还好过一些，可装病哆嗦呻吟，这一个小时却不好打发。

珍妮特从她的独立区里出来，眉毛挑了挑，问：

“没有他娘的山羊？”

我喉咙里咕哝两声，比画了几下，意思是说：大雨下，雷声炸，山羊跑，进山了，我害怕，不敢追。

珍妮特挠挠腋窝，像猴子般吱吱叫了两声，点了根烟。

“真他娘的狗屎，”她说，“你还坚持个屁！真搞不懂！这里有人吗？除了咱俩，这里还有别人吗？”

我跟她比画着让她掐灭烟去生火，她比画着让我去吃屎。

“为啥要生火？”她说，“没有山羊就先生火，是一堆许愿火，一堆希望火吗？对不起，不需要，我这已经够多的了。要是现实世界中打雷下雨，咱的山羊真的跑了，我会咋办呢？说不定我会伤心难过，就像用那块尖石头割伤了我自己一样，说不定我会踹你几脚，你真是蠢到家了，下大雨还留羊群在外面。天哪，他们真的没往大槽里放山羊吗？”

我生气地看了看她，摇了摇头。

“好吧，至少你去小槽那儿瞅了吧？”她说，“说不定是只小山羊，他们给塞进了小槽里？也说不定这回给咱送的是只鹌鹑啥的?”

我看了她一眼,摇摇晃晃挪到小槽那儿。

空空如也。

“唉,他娘的,”她说,“我这就出去看看到底咋回事儿。”

可她不会真的出去,她心里清楚,我心里也明白。她坐在自己的树墩上抽烟,我们俩一起等着大槽里的“咕咚”声。

午饭我们吃的是备用饼干,晚饭吃的还是备用饼干。

没有脑袋伸进来,大槽和小槽也没有响起“咕咚”声。

后来,天色渐暗,珍妮特站在自己独立区门口说:

“要是明天还没山羊,我就从这儿出去,下山去,我对天发誓,你瞧着吧。”

我走进自己的独立区,换上拖鞋,嚼了把可可豆,拿出一张《同伴每日表现评价表》。

是否注意到任何态度不端的情况?没有。对同伴整体评价如何?非常好。有没有需要协调的事情?

没有。

我把表格塞进传真机。

3

第二天早上,没有山羊,也没有纸条。珍妮特坐在自己的树墩上抽烟,我们一起等着大槽里的"咕咚"声。

没有脑袋伸进来,大槽和小槽也没有响起"咕咚"声。

午饭我们吃的是备用饼干,晚饭吃的还是备用饼干。

后来,天色渐暗,珍妮特站在自己独立区门口,可怜巴巴地说:

"饼干,饼干,饼干!老天哪,真希望你能跟我说句话。搞不懂你为啥不跟我说话,我都快憋疯了。咱俩至少可以说说话,起码找点乐子,比如玩玩儿拼字游戏。"

拼字游戏。

我挥手示意晚安,冲她嘟哝了一声。

"杂种。"她嘴里骂着,捡起尖石头朝我扔过来。扔得真准,我疼得差点"哎哟"叫起来。不过我还是忍住了,喉咙发出惊马一样的嘶鸣声,心里盘算着把她按倒在地,让她瞧瞧我的厉害,诸如此类。然后,我走进了自己的独立区,换上拖鞋,收拾停当,嚼了一把可可豆,拿出一张《同伴每日表现评价表》。

是否注意到任何态度不端的情况?没有。对同伴整体评价如何?非常好。有没有需要协调的事情?

没有。

我把表格塞进传真机。

4

早上,大槽里有一只又肥又大的山羊,还有一张纸条,上面写着:

> 哈哈!抱歉前两天没送山羊,也很抱歉别的事儿,出了点小差错。不过放心,以后你们来这儿找山羊的时候,每次看到的都会是山羊,而不是纸条,也许两个都有。哈哈!进餐愉快!一切安好!

我轻快地用尖石头剥羊皮。珍妮特走出来,看见山羊便笑了,很快生了一小堆旺火,整个早上连一个英语单词都没说,甚至还沾湿一根手指,画了几个我们古时候的象形文字,似乎对这些文字的优美惊叹不已。

大约中午时分,她走过来看我胳膊上的伤,就是她昨天朝我扔尖石头划破的伤。

"你不会死吧?"她说,"对不住,伙计,真对不住,我当时没控制住。"

我看了她一眼,她便闭嘴不再说英语,开始哭了起来,道歉似的蹲在我身边。

吃了两天饼干之后,山羊的味道棒极了。

我在火堆边打了个盹儿,珍妮特破天荒头一次没在我身边晃来晃去唱英文流行金曲,只是含糊其词地嘟哝着听不懂的话,假装捕食小虫子。

这是她表达歉意的方式。

没人把脑袋伸进来。

5

以前,在那些还有脑袋伸进来的时候,曾经有个家伙把脑袋伸进来说:

“哇哦,这儿的环境真是局促呀,看见你们会让人更加珍惜现在的生活。你们有呼叫等待吗?你们会做美味的奶油蘑菇沙司吗?哈哈!我真可怜你们这些家伙呀!不过,还得谢谢你们,毕竟你们是我的祖先,是吧?这就是你们的主题吧?这就是你们想表达的吧?你们不是故意装傻吧?你们竭尽全力了吗,就像我一样?说不定有一天,某个代表我的家伙也会住在这儿,而我后代的某个小阿飞会斥责我,质问我的鞋子为什么是用死牛皮做的,诸如此类。要知道,未来人脚上穿着死动物皮,哦,不,他们绝对不会做那种事儿。对他们来说,那是野蛮行径,就像你拽着她的头发拖来拖去,这在我们看来是野蛮行径。不过在我看来,跟老婆过了十五年之后,这其实也不算什么。哈哈！好好享受吧!"

我从来没有拽着珍妮特的头发拖来拖去。

这种做法太老套。

这时,他老婆把脑袋伸了进来,又很快缩了回去。

"难闻死了。"

"是烤山羊的味儿,"她丈夫说,"不是所有事物都像看起来那么美。比如吃肉的时候,看起来要像在吃货真价实的肉,一头死动物身上的肉,说不定就在几个小时之前,它还在亲昵地舔你的手呢。"

他老婆说:"打死我都不会干那种事儿。"

"笨蛋,你这会儿就在这么干呀,"男人说,"你只不过是花钱让别人替你干那些脏活儿罢了,宰杀？剥皮?"

"没有,我没有。"他老婆辩解道。

我们看不见他们,只能从伸进脑袋的地方听到他们的对话。

丈夫说:"从来没听说过屠宰场吗？哈哈！被我说中了吧？你以为屠宰场是干什么的？你从未见过的家伙在里面宰牛剥皮,就是为了你能穿皮鞋,我能吃牛排也能穿皮鞋!"

"那不一样,"他老婆说,"那些动物养了就是要宰杀的,这是它们注定的命运。再说了,我做肉都是用烤箱,可不像他们那样穿着内衣蹲在那儿烤肉,弄得满身臭烟味儿。”

“拜托啦,”丈夫说,“开玩笑!我在开玩笑呢。相信我,你穿着内衣蹲在地上的样子应该也不难看吧。”

他老婆问:“他们在哪儿拉屎呀?”

“问他们呗,”丈夫说,“要是你想知道他们在哪儿拉屎,那就问他们自己呗。你花了钱,当然有权问喽。”

他老婆说:“我才不问呢。”

丈夫说:“好吧,我不怕臊。”

接着,伸脑袋的洞口安静了很长时间,大概是他们在压低声音商量。

过了一阵儿,丈夫把头伸进来问:“喂,你们在哪儿拉屎?”

“我们有搁架,上面套着一次性袋子,”珍妮特说,“化粪池可挖不到山上。”

“哦,”那个男人说,“他们拉到架子上套着的袋子里。”

“太棒了,”他老婆说,“在这件事儿上,我就比别人懂得多了。”

“等会儿,”丈夫说,“古时候,也就是山洞之类的东西真正存在那会儿,他们去哪儿拉屎呢?我想那时候可没有一次性袋子吧。”

珍妮特说:“那会儿他们直接就去树林解决啦。”

“哦,”那人说,“有道理。”

你现在明白我为什么生珍妮特的气了吗？要是有人问话，按理说我们应该缩在墙角惊叫，而不是像她那样直接用英语回答，而且还回答两次！

我看了她一眼。

她小声说："哦，没事，这个人不是探子，我看得出来。"

随即，伸脑袋的洞里飞进来一只纸飞机，是我们的《游客评价表》。

"总体印象"一栏中写着：

满意！非常好。

"学习价值"一栏中写着：

我们知道了他们在哪儿拉屎，无论古代的人还是现在的人，我们都知道了。

我把评价表放进一堆评价表里，走进自己的独立区，换上拖鞋，开始填写《同伴每日表现评价表》。是否注意到任何态度不端的情况？没有。对同伴整体评价如何？非常好。有没有需要协调的事情？

没有。

我把表格塞进传真机。

6

今天早上是我清理垃圾袋的时候，我们俩的排泄物垃圾袋、普通垃圾袋以及一个光滑金属洞口所套的垃圾袋，那是珍妮特专门丢废弃女性卫生用品的袋子。

干这活儿，我每个月不仅可以多赚六十块钱，还能有机会出洞放风。

我敲了敲珍妮特独立区的门。

“谁？”她明知故问，装傻充愣。

我把胳膊伸进去，晃了晃手里的垃圾袋。

“去拿吧。”她说。

她正用毛巾擦腋窝。屋里的味道跟她本人差不多，甚至有过之而无不及。我把她柳条筐里的垃圾袋装进我的白色大垃圾袋里，把她装废弃女性卫生用品的垃圾袋装进我的白色大垃圾袋里，把三个写着“小心排泄物”的袋子从角落里拎出来，装进写着“小心排泄物”的我的粉色大垃圾袋里。

我冲她比画着：我梦见原野上有一大群动物，像地上的草一样望不到头，多得像庄稼地里的蝗虫，这种动物背上的驼峰隆起如小山，诸如此类。我还作势磨尖长矛，努力表现得像要准备外出打猎。

“你打算出去吗?”珍妮特大声说，“你是不是打算这会儿就出去？你想跟我说的是这个意思吧?”

我点点头。

“老天呀，你就赶紧走吧，”她说，“祝你玩得开心，给我带些薄荷糖回来。”

几个月来，她一直努力掏空一块石头，在里面藏她的薄荷糖和香烟。薄荷糖，薄荷糖，薄荷糖。香烟，香烟，香烟。不管我们俩孤男寡女在这里朝夕相处多久，我都不会对她有任何欲望。珍妮特五十岁，大脚削肩，瘦脸尖腮，咀嚼的时候嘴巴大张。有时候，她在洞里戴着一副又大又丑的眼镜玩填字游戏，这是绝对禁止的行为!

我从洞里走出来，一只手拎着白色普通垃圾袋，另一只手拎着装我们俩排泄物的粉色垃圾袋。

7

山下绿草如茵的山谷里，一群说不清是什么东西的机器人低头在忙着什么，我猜应该是在吃草吧。我们所在的这座山和对面山脉之间是一条宽阔的绿色大河，每年旱季，河里会断断续续露出一些大鹅卵石。我沿着一侧的白色山崖下山，来到一条小路上，路口一棵松树上有一圆块黄色的油漆斑点。这条路很少人知道，是内部道路。沿路没什么景点，只有8号“垃圾堆放区”和一个两间门脸的“员工专属”小店。商店离我们这么近，真走运。

店里住着马蒂和一位女士，我们猜她可能是他老婆，不过也可能不是。

这会儿马蒂正冲那位女士喊叫，而她则把马蒂喊叫的内容记下来。

“他们让你干啥你就干啥！”马蒂大声说，她记了下来。“不但这样，还要干更多，儿子，比他们让你干的再多些！要超越！干吗不超越呢？要做最优秀的人！好是件坏事吗？儿子，爸爸知道你不这样想，因为你没有接受过这样的教导，你所接受到的教导是，好的就是好的，我非常清楚地记得教过你这个。咱们去钓鱼，你钓到了一条，我总是说，好，钓得好，儿子。要是你没钓到，我就皱皱眉，说糟糕，钓鱼技术真糟糕。不过我不觉得自己在这件事上对你要求太严格。你记下来了？”

“一字不落，”女士说，“对我来说，你的话就像金块一样珍贵。”

“哈哈。”马蒂大笑,在她背上亲昵地挠了一长道,喝了杯苏打水,继续吵吵。

“不管咋说,他们让你干啥你就干啥!”他大声说,“难道你不知道我们家里这些人多爱你,多想让你干一番大事吗?至于他们,你信中写的那些大人物,去他娘的大人物!不过还是要照他们说的做。在你的小脑袋瓜里,你可以想自己喜欢的,不过表面上还是要照他们说的做,这样他们才会喜欢你,这样你才会干成大事。还有你提到的那些小人物,他们有多小呢?你也没具体说。他们比你小很多吗?要是那样,去他娘的。他们跟你说话你别理他们,他们不跟你说话你就过去主动跟他们说话,在他们面前表现得高高在上一些,你知道,这样他们就不会觉得比你高了。不过,要是他们跟你差不多,那就要小心了,儿子!别招惹他们,别表现得比他们高,也别在跟你地位差不多的小崽子面前点头哈腰,要不他该看低你,以为你比实际地位要低呢。至于说朋友嘛,当然,有朋友当然很好,去吧,去交朋友吧,朋友是正儿八经的好事儿,只是别跟那些跟你差不多或者比你地位低的人交朋友。只跟那些比你地位高的人交朋友,我是说如果他们愿意的话,不过也许他们不愿意。他们为啥要跟你交朋友?你算哪根葱?你的地位没他们高。不过话说回来,他们说不定愿意去贫民窟体验一下呢,要是那样你就有福了,你可以趁这个机会钻进去。”

马蒂冲我挥了挥手,继续吵吵。

“我不想给你压力,儿子,”他说,“我知道你的压力已经够大了,学习什么的已经够你受的了,你还得自个儿包书皮,谁让咱家生活不宽裕呢。所以说,我也不想再给你额外增加压力,说什么咱家就指着你光宗耀祖了,不过说实话,小子,这是真的!儿子,你可是咱家的希望呀!你是咱家全部的希望了。你想想,我和你妈,你爷爷奶奶,还有你太爷爷,你太爷爷当初从老家什么地方,坐着一条小破船来到这儿,就住在一个小窝棚里,一辈子就靠给人修鞋讨生活。你还记得吗?他为啥要这样做呢?还不是为了最后能生出你吗!你好好想想!这么多年来,咱家几代人勤恳干活、填饱肚子、洗洗涮涮、做爱生孩儿,都是为了啥?你,小子,一切还不都是为了他娘的你小子!这会儿你上了寄宿学校,这是多么大的荣耀呀,你可是咱家祖祖辈辈第一个上寄宿学校的人。所以嘛,我想说的是,你要争气,别受别人的气,除非受别人的气是你整个计划的一部分,是为了骗他们当你的朋友,从他们那儿捞好处。儿子,要永远记住你是谁,你是咱们古萨奇家的种,是我唯一的儿子,我爱你。哎呀,我咋也变得这么娘们儿了?”

那位女士说:“你说得棒极了。”

马蒂说:“就说这么多吧。”

女士说:“再加一句,让尼娜也向你问好。”

“让尼娜也向你问好,”他说,“拜托,让尼娜,你要想写就直接写上呗,这种话不需要我说了你才写,只管写就是了,你是我老婆呀。”

让尼娜说:“我不是你老婆。”

“对我来说你就是。”马蒂对斜偎在他怀里的让尼娜说,又喝了杯苏打水。

我替珍妮特买了香烟和薄荷糖,给自己买了瓶“嘉洋”牌的饮料。

我真的很喜欢喝“嘉洋”。

“喂,你听说戴夫·沃伦的事儿了吗?”马蒂问我,“就是‘智山隐士’的那个戴夫·沃伦,你认识他吗?你认识戴夫吗?”

戴夫我很熟,他原来经常和我们一起去“俄国农场”参加烧烤。

马蒂说:“现在好了,跟戴夫说拜拜吧,‘智山隐士’完蛋了,戴夫完蛋了。”

让尼娜说:“我从来没见过戴夫那么丧气。”

马蒂说:“他丧气得很,轮到谁谁能高兴呢?他平时工作那么卖力。”

戴夫工作真的很卖力,他宁愿自己留胡子也不愿戴假胡子,甚至休假也光着脚走路,就是为了让脚看起来更像真正的山居隐士。

“问题是,‘智山隐士’离大路太远,”马蒂说,“跟你们这些偏远景区一样。你们所有偏远景区,你们都离大路太远了。想想吧,这些天,咱这儿入园的游客本来就不多,也就是说,愿意走这么远爬这么高来游览偏远景区的就更少了。对吧?我没说错吧?”

让尼娜说:“你说的一点不错!”

“我说的一点都不错,”马蒂说,“尽管我也不愿意让自己完全正确,因为呀,你想想,要是你们偏远景区都完蛋了,我上哪儿去?说到底,我服务的就是你们这些偏远景区。明白了吧?对吧?把他的薄荷糖给他,给这个可怜的家伙找钱,他得回去干活儿了。”

“祝你好运。”让尼娜把零钱递给我。

戴夫真可怜,同时也让人担忧,实际上,“智山隐士”不比我们偏远多少,再者说,那个景点可比我们受欢迎多了,因为戴夫很善于活学活用圣者名言。

我沿着小路走到垃圾堆放区,称了称我和珍妮特的排泄物。我把文件和处理费放进贴着“文件和处理费”标签的盒子里。我把垃圾丢进贴着“垃圾”标签的垃圾箱,把排泄物丢进贴着“小心排泄物”标签的垃圾箱,然后倚着一棵树坐下,喝着刚买的“嘉洋”。

8

第二天早上,大槽里有一只山羊,小槽里有一只兔子,还有一张致“各部门”的纸条,上面写着:

请收下这份额外的食物作为一点敬意,请相信:你们每个人对我们都具有特别的意义,永远不会被遗忘。也请相信:如果你们每个人都能留下,如果这对大家都有好处,你们都会被留下。但实际情况却非如此,否则我们肯定会的,是吧?我们肯定会留下所有人的。然而,我们眼下正在逐步融入一个新机构,正是员工调整的绝佳机会。因此,在这段人手短缺、充满挑战的特殊时期,有些人大概不得不走,不过反过来看,有些人也不得不留下,也许就会是你呢。让我们衷心希望留下的就是你吧,你们中每一个人以及所有人,不过不行,正如前者所言,不会每个人都留下,那是不可能的。所以,就好好享受这份特别的美食吧。别着急,耐心等待你们主管联系你们,如果主管没联系你们,那就可以松口气了,员工调整跟你擦肩而过了。不过,也得坦诚地告知你们,躲过第一轮调整的人很可能躲不过第二轮,躲过第二轮很可能躲不过第三轮,这得看调整的进展情况。如果有人在第一轮和第二轮都被调整了,那纯粹是工作失误,别在意。你们每个人只会调整一次,不会多次!你们当中有些人永远不会被调整,就是那些最优秀的人。不过,我们发现我们正面临着“印第安人过剩”的情况,所以必须首先裁掉一些印第安人,也许以后会裁掉一些管理人员。但目前还没到那一步,裁掉管理人员比较困难,因为我们就是管理人员。很快就会,但现在还不会,我们得商量调整我们中的哪些人,这太难了,因为我们的用处太大了。这并不是说我们管理人员比你们印第安人有用,不过话说回来,我们会做一些困难的决定,你们印第安人彻夜不眠也很难做出的决定,比如调整你们中间的哪一个。但也别为我们担心,毕竟这种事情我们已经做了很多年。你们最重要的是要明白:我们每个人,无论是管理人员还是印第安人，在做的事情都是一项有趣的体验，在娱乐行业有多少人巴不得做我们在做的工作呢！

我想，这张纸条是在解释戴夫·沃伦的事儿。

“天哪，”珍妮特说，“让他娘的炒鱿鱼开始吧。”

我看了她一眼。

她说：“哦，好吧好吧，哦嘎嘎，莫哦嘎，哦嘎嘎，哦嘎嘎，莫哦嘎。这样行吧？”

珍妮特想怎么开玩笑那是她自己的事，不过员工调整这种事可不是闹着玩的。

我给山羊和兔子剥了皮，放在烤架上。早饭后，珍妮特戴上随身听，开始给她姐姐写信——这是绝对禁止的！我则画象形文字，我的意思是说，我用粗糙的干刷子蘸着硬邦邦的塑料颜料盘，跪在地上假装在画象形文字，塑料盘里所谓的“颜料”看上去是压碎的浆果制作而成。

中午时分，我独立区的传真机响起了接到传真的声音。

接传真意味着我得在工作时间离开洞穴进入自己的独立区。

“天哪，你去接呀，”珍妮特说，“你傻了吗？也许是路易丝给你发的呢。”

我进去接传真。

果真是路易丝。

上面写着：尼尔森今天好点儿。身上没那么肿了。玩了会儿玩具卡车，吃了三片红肠。问起了你。没发烧，四肢活动正常。信用卡欠六千八百多块钱，用不用换张利率更低的新卡？

我回传真说：听起来不错，别的孩子怎么样？

路易丝回复说：孩子嘛，真是孩子，快把我逼疯了，整天吵闹不休。

我回复到：想你。她把必需的签名卡传真给我。

我在卡上签了名，把卡传真回去。

尼尔森三岁。三个月前，他的肌肉有点僵硬，他们给他用的放松肌肉的药多多少少放松了肌肉，却同时导致肌肉肿胀。其他方面还好，只是四肢僵硬、肿胀，活动时有点疼。刚开始他们还诊断这是一种叫什么名字的病，后来药物导致肌肉肿胀之后，埃文斯大夫不得不承认，无论尼尔森得的是什么病，但肯定不是最初诊断的那种病。

所以，我们得密切观察病情的发展。

我回到山洞。

珍妮特问："怎么样？"

我苦笑了一下。

“好吧，见鬼，”她说，“要知道我他娘的一直挺你们。”

有时候她还真不错。

9

第二天一大早，格雷格·诺斯通就伸进脑袋，让我去吃早午餐。

这可是太阳从西边出来了。

珍妮特问：“我呢？”

“哈哈！”诺斯通说，“没你的份儿，今儿个不行，不过，说不定很快！”

我跟他走了出去。

外面阳光明媚。

洞外十来米的地方竖着块红色大牌子，上面写着：耐心等待！建设中！我们走到牌子后面。

诺斯通在一块毯子上放了些百吉饼，说：“很快你就会在槽里收到代表委任书，按照自己的想法填写就行，没事儿，只管投票，大胆点儿，行使你的选择权，这可跟你的员工优先认股权挂钩呀。你被授权了吗？授权太棒了！等着吧，等到那一天，那可就真的像是得到一份大红利，到那时候，你就会明白他们为啥管红利叫‘红利’了。每个月,哗啦一声,股权收益就会从天上掉下来。伙计,我们就走大运啦!”

“是呀。”我说。

他说:“我,还有你,不是个个都有,有些人就没有。那些被调整的人就没有。不过,你这一轮不会被调整,至少我觉得不会。至于珍妮特嘛,我对珍妮特有些担心,我不知道他们打算拿珍妮特怎么办。不是我,是他们,我能做啥呢?她咋样?还行吗?你觉得她咋样?我希望你实话实说。有啥问题吗?说不定有些事儿我们可以帮你搞定。她咋样?人好吗?可靠吗?指出别人缺点算不上消极,实际上,这很积极呢,这样他们的缺点才能改正。隐瞒有价值的信息才是消极呢。你消极吗?隐瞒了有价值的信息了吗?希望没有。你消极吗?她是不是有点儿烦人?只管跟我说,我希望你能跟我说。要是你承认她有点儿烦人,我会在档案中记下你在此事上表现积极。你看,珍妮特在表演方面有些问题,这一点你清楚,我也明白,所以这是个不错的机会,你亲口承认这个事实,而我清清楚楚地听明白。多棒呀!”

六年来,她一直跟我叨叨她的宫颈切片、戒毒的儿子,还有住在韦恩堡的母亲,她母亲心脏瓣膜有问题,还有肺血管病,得常年卧床,否则会引起肺充血,诸如此类。

我说："我真没注意到什么问题。"

"瞎说，瞎说，瞎说，"他说，"你这是啥赞美？空洞的赞美？这是空洞的赞美吧？我总是劝人别说空洞的赞美，因为空洞的赞美是什么？它像什么？是谎言！谎言又是什么？是消极的。你跟那个喊'狼来了'的小孩恰恰相反，就像一个嘴里喊着'没有狼'，可狼正在咬你腿的小孩，而那只狼的名字就叫珍妮特。你知道我最近看到啥了？我看到了你填写的《同伴每日表现评价表》，上面我没看到一个负面词汇，一个都没有。是否注意到任何态度不端的情况？没有。对同伴整个评价如何？非常好。老是这样，每一天都是这样。有没有需要调解的事情？没有。即便有一次她告诉一位游客你们在哪里拉屎，是用英语说的，就在洞里说的。我手里头有证据，我看了那家伙的《游客评价表》。"

我沉默不语，一切都显得非常安静。起风了，那块纸牌一角被微风掀起。百吉饼看着不错，但我们俩谁也没吃。

"想想看，"诺斯通说，"客观评价我们每天相处的人很难，这我也知道，但从大的方面看，你不说实话谁会得到好处？珍妮特吗？要是没人给她说，随后又没人严格要求她，她怎么知道自己表现不好呢？要是她表现不好，我们整个机构能更健康吗？要是机构不能更健康，这个机构可是给你饭碗的机构呀，你比谁都清楚，对珍妮特的行为撒谎，你这不是在砸自己的饭碗吗？谁是把钱塞到你手里给你饭吃的人？是我们。我们想要你做什么呢？我们想让你说实话。就是这，这就行了！”

我们默默坐了一会儿。

“简单得很，”他说，“别想那么多了。”

一个毛茸茸的白东西落在我右手手臂上，我把它弹开。

它落到了地上。

“可悲呀，”他说，“这一切真可悲，我们生活在一个美丽的世界，充满了美丽的挑战，美丽的花儿呀，鸟儿呀，还有优秀的人，但也有一小撮可怜的坏蛋，比如那个麻烦的珍妮特。我恨她吗？我想让她死吗？天哪，才不是呢。我觉得她挺棒的，我想让她受到表扬，想让她享受到推油按摩，她身上也有些很棒的优点呢。不过话说回来，我给她发工资可不是为了让她拥有什么优点，我给她发工资是为了让她始终如一干好活儿。她干好了吗？她始终如一干好活儿了吗？没有！瞧你现在，身边跟着个猪一样的队友，可怜呀。她就是你升迁和成长路上的绊脚石，我们那儿的人在休息室都这么说你。嘿，我知道你对珍妮特不满，她在拖你后腿，我从你的眼里就能看出来，这事儿肯定让人心烦。因为你是很棒的，非常棒，是咱这儿最棒的员工。可她却很差劲，非常差劲，是咱这儿最差劲的员工。瞧瞧她是怎么对你的，有时候我真恨不得扇她几耳光。”

“她是我朋友。”我说。

“你知道在我看来你们这像什么吗?”他说,“像《圣经》。还记得《圣经》里有这么一段吗?基督还是上帝说,任何由两个或两个以上的人组成的组织或机构都是一个整体。我觉得这句话说得太对了。我们身上有个溃烂的脚趾,叫珍妮特,这个脚趾不仅发黑,还把关节熏臭了。紧挨着这个脚趾住着她的朋友,一个不发臭的好脚趾,但这个好脚趾出于某种原因却闭口不言,如果脚趾也能开口说话的话。说出来,小脚趾,让大脑知道溃烂的情况,这样的话我们就能赶快采取必要行动,阻止珍妮特继续溃烂。要做啥?我们还不清楚。说不定用什么杀菌药,或者找把锋利的小锯子把珍妮特锯掉?想让我们知道,你必须做啥呢?实话实说。开口吧,开口坦率公正地评价这个猪一样的队友,就是这,这就行了。你有没有在雇佣合同里签字同意每天客观准确地填写《同伴每日表现评价表》?你签过字的,一式三份,我档案夹里现在还有一份呢。好啦,简单伤感的话就说到这儿吧,我知道你已经明白我的意思了,你明白了吧?这会儿该开开心了,吃东西,我拽(带)的东西,吃吧,很开心,是吧?我觉得挺开心的。”

我们开始吃东西,很开心。

“拽(带)来的,”他说,“我拽(带)的好吃的。到底是说

‘带来的’还是‘拽来的’?”

“带来。”我说。

“嗯,我带来的好东西,”他说,“拽(带)来。”

10

回到洞里,珍妮特已经生好了一堆旺火。

“那个傻蛋到底要干吗?”她问,“你被炒啦?”

我摇了摇头。

“他爱上你啦?”她问,“他想跟你约会?”

我摇了摇头。

“那他爱上我啦?”她又问,“他想跟我约会? 我被炒啦?”

这回我没摇头。

“等会儿,等会儿,重来重来,”她说,“我被炒了?”

我摇了摇头。

“那是我遇到麻烦啦?”她说,“我是不是遇到啥麻烦了?”

我耸了耸肩。

“你他娘的能不能说句话?”她说,“这个很重要,就这一次,别这么鸡巴人,行吗?”

我不认为自己是个鸡巴人,也不喜欢被人称为“鸡巴人”,还是在洞里,还是用英语! 实际上,要是她能稍稍克制一下别在洞里说话，现在也不会遇到这么多麻烦。

我竖起一根手指，意思是说，等我一下，然后走进自己的独立区，给她写了张纸条：

诺斯通对你很不满，对我也不满，因为我没有如实填写评价表，所以以后我得实话实说。你知道，要是我说了实话，你就得走人，除非你现在就开始表现好点儿。所以，请你以后表现好点儿吧。抱歉我在洞里不能跟你说这些，因为你也知道，按规定我们不能在洞里说英语。我喜欢跟你一起工作，只要我们把毛病改好了就行。

珍妮特坐在自己的树墩上读我的纸条。

“看来是时候长点脑子了。”她说。

我冲她竖起了大拇指。

11

第二天早上我去大槽那儿，发现没有山羊，也没有纸条。

珍妮特出来递给我一张纸条，并很快生了一小堆旺火。

她的纸条上写着：我真的很感儿(激)你做的事，给我井

(讲)真话。你系(是)真哥们儿,你会看到我能变得多好。

早饭,我给我们俩每人分了二十块备用饼干。饭后我画我的象形文字,她假装捕食小虫子。午饭,我给我们俩每人分了二十块备用饼干。饭后我假装磨长矛,她坐在我脚边,嘴里叽里咕噜说着一长串谁也听不懂的话。

没人把脑袋伸进来。

后来,天色渐暗,珍妮特站在自己的独立区门口,挑了挑眉毛,像是说:很不错,嗯?

我走进自己的独立区,拿出一张《同伴每日表现评价表》。

破天荒头一次觉得轻松。

是否注意到任何态度不端的情况?没有。对同伴整体评价如何?非常好。有没有需要协调的事情?

没有。

我把表格塞进传真机。

12

第二天早上我去大槽那儿,还是没有山羊,也没有纸条。

珍妮特出来,又很快生了一小堆旺火。

我给我们俩每人分了二十块备用饼干。早饭后,我画象形文字。午饭后,珍妮特走到洞口大声喊叫,意思是说一大群牲畜正呼啸而过，诸如此类。这当然是不可能的，那群吃草的牲畜是机器人，此刻依然待在河对岸它们一直待的地方。她大喊大叫的时候我伸手抄起长矛冲了过去，跟她一起冲着那群想象中的畜生吼叫。

整整一天，没人把脑袋伸进来。

后来，天色渐暗，珍妮特站在自己独立区的门口，冲我笑笑，像是说：好好干活儿其实也挺好玩儿，是吧？

我拿出一张《同伴每日表现评价表》。

同样的，非常容易。

是否注意到任何态度不端的情况？没有。对同伴整体评价如何？非常好。有没有需要协调的事情？

没有。

我把表格塞进传真机。

另外，我也给诺斯通写了张纸条：

根据咱俩的谈话，我冒昧加紧对珍妮特的督促，自那以后，她一直干得特别出色，就像我在评价表里填的那样。（现在绝对是实话！！！）谢谢您坦诚相待，同时我也为自己以前没有如实填写评价表而深感抱歉。我现在已经明白那种做法多么消极。

有点拍马屁,是。

不过我也得适当弥补弥补嘛。

我把纸条塞进传真机。

13

午夜时分,我的传真机响起了接收到传真的声音。

是诺斯通发的,上面写着:

啥?啥?你给她说啦?我让你给她说了吗?你还敢说她干得出色?你说她干得好,我凭啥相信你?以前她干得不好的时候你不也总是说她干得好吗?噢,你真让我失望!你知道我最恨什么吗?因为小时候的事,我现在才这么努力奋斗。我最恨的就是骗子!我爸用谎言欺骗我妈,我妈用谎言欺骗我爸,还有肯尼斯,他就是个大骗子。娶我妈的时候答应给我买三匹配金鞍的小马驹,后来跟我妈离婚的时候又说至少给我买一匹配普通鞍的小马驹。可最后呢?他连一匹小马驹都没给我买过。这大概就是我恨骗子的原因吧。**所以,别再跟我撒谎了!**别再因为那个可恶的珍妮特跟我撒谎了,一次也不要。我不敢相信你给她说啦！你真以为我在乎她表现怎样吗？**我知道**她是啥人，她非常**差劲**。可我需要的是你**亲口**给我说，因为我要记录在案。你知道开掉一个女人有多不容易吗？更何况是一个老女人，还是系着皱巴巴的原始人腰带为你工作这么多年的老女人。好多事你不懂，关于员工调整，关于我们的计划！别再回复我了，我气得啥也看不进去。

诺斯通的反应跟我想象中的一点都不一样。

毫无疑问，我在他心目中的形象已经完全毁了。

不过没事。

珍妮特干得越来越好，而我也有底气实话实说，所以一切都顺理成章。

我敢保证，长久来看，诺斯通有一天肯定会感激我所做的一切。

14

第二天早上我去大槽那儿，发现还是没有山羊，也没有纸条。

珍妮特出来，很快便生了一小堆旺火。

我们蹲在地上吃备用饼干,时不时伸手打对方几下。我们假装争吵,弯着腰绕着洞穴追逐喊叫。珍妮特表现得真不错。我怒气冲冲地拿一块石头猛砸另一块,示意她我准备朝她脸上扬土,她则尖声厉气冲我嘶叫。

有人把脑袋伸了进来。

是个年轻人,看起来有点傻乎乎的。

"布莱德利?"珍妮特说,"我操。"

"嘿,这个问候语真棒,妈。"年轻人说着走了进来。按规定他不能进来,谁都不能进来。我印象中从来没人进来过。

"这地方真他妈的难闻。"年轻人说。

"你能不能别一进到你妈干活儿的地儿就骂骂咧咧?"珍妮特说。

"好啊,妈,"他说,"就像你从没去过我干活儿的地儿骂骂咧咧似的。"

"就像你有过干活儿的地儿似的,"她说,"就像你正经干过活儿似的。"

"就像做珠宝不是正经活儿似的。"他说。

"哦,布莱德利,又来了,"珍妮特说,"你压根儿就没有设备,也没他娘的什么珠宝,更没主顾。你从来没做过一件珠宝,只是坐在地下室发呆罢了。"

我们俩真走运,半个月好不容易来个游客,还是个亲戚。

我假装咳嗽清了清嗓子,看了她一眼。

“他娘的就给我们五分钟,行不行,古板先生?”她说,“这可是我亲儿子呀。”

“我那是在构思珠宝呢,妈,”儿子说,“那可是做珠宝非常重要的一环。你肯定在我干活儿的地儿爆粗口了。我清楚记得有一次你到地下室,骂我是他妈的蠢蛋,想当珠宝设计师纯属浪费时间。”

“你放屁,”妈妈说,“我从没骂过你蠢蛋,而且肯定没说过‘他妈的’,我从不说这个词,很早以前就不说了。你听见我说过‘他妈的’吗?”

她看了看我,我摇了摇头。她从来不说“他妈的”,她想说的时候说的是“他娘的”,在这一点上她非常非常坚持原则。

“咋回事?”布莱德利说,“他不会说话吗?”

珍妮特说:“他是按规定办事儿,说不定哪天你也可以试试。”

“我一直在试呀,”他说,“但他们还是把我踢了出来。”

“把你从哪儿踢了出来?”她问,“等会儿,等会儿,你再说一遍。他们把你从哪儿踢了出来?从康复中心吗?”

“这不是啥坏事,妈,”儿子大声说,“你没必要让我因为这个觉得丢人,多伊先生大庭广众之下说我是贼,我已经觉得够丢人的了。”

“天哪,布莱德利,”她说,“人家要是把你从康复中心踢出来,你还怎么变好呢?你这回又偷啥了?你又偷录音机了?谁是多伊先生?”

“我啥也没偷,妈,”他说,“多伊是我的辅导老师。我就借了点东西,一台电视,休息室里的电视。我就是想着,要是我屋里有台电视的话,我会好的快得多,所以主动掌控自己康复的速度喽。这有啥不行?你想,你送我去那儿不就是让我康复的吗?我不是说自己做的都好,比如我可能不该把电视卖了。”

“你把电视卖了?”珍妮特说。

“电视上从来没啥好节目!”他说,“要是有好节目,我敢说我早就好多了。可是没有,电视无聊透顶,所以我决定给大家开个派对,因为他们都那么支持我,让我把电视搬到自己的房间。这么着,我就为了办派对把电视给卖啦。我拿着卖电视的钱去了派对商店,想买些开派对的东西,帽子啦,喇叭啦之类的。这工夫我碰到了个麻烦,药的麻烦,我忽然间想要些药。然后呢,就遇到那个有药的家伙。那家伙彻底毁了我!我手里刚有点儿钱,他就带着药出现在我面前,根本一点儿也不在乎我的康复问题。”

“你卖掉康复中心的电视去买了毒品?”她说。

“买了药品,妈,你为啥老是搞不清呀?”他说,“妈,给事物准确命名很重要,多伊先生辅导时教过我的。换作你,说不定你不会卖电视,那是因为你不是无意的瘾君子,可你想,我是呀,就是因为这个我才去的康复中心呀。你听明白了吗?我知道你想有个完美的儿子,可你没这个福气,你有的是一个无意的瘾君子,他有时候会做出错误的决定,比如借了台电视,后来卖掉去买药。”

“还有戒指和首饰,”珍妮特说,“我的戒指和首饰。”

“他妈的,妈,那是很早以前的事儿了!”他说,“你为啥还要再提那些狗屁事儿?多伊说的没错,你要赢,我就得输。比方说我小时候,你就曾经当着左邻右舍的面说我是动物虐待狂。那真伤人,后来我很多问题都是因为这个。离开康复中心之前,我们就在小组里讨论这个。”

“你当时就是在虐待一只猫,”她说,“用一根他娘的刺棒。”

“我自己在铁匠铺打的刺棒。”他说,“当然啦,你从来不会提这一点。”

“一根你正在酒精杯上加热的刺棒。”她说。

“继续，继续编你的故事，”他说，“你想怎么打击我都行，我没得选，我必须来这儿。”

“你啥意思？你为啥必须来这儿？”她说。

“妈，你有没有在听我说话？”他大喊道，“我被人从康复中心踢出来啦！”

“好吧，可你不能待在这儿。”她说。

“我不得不待在这儿！”他说，“要不我能去哪儿？”

“回家，”她说，“回家陪外婆。”

“陪外婆？”他说，“你开玩笑呢吧？哦，老天哪，康复中心的小组肯定喜欢听这个。你是在跟一个麻烦缠身的无意的瘾君子说，让他去跟快要死翘翘的外婆一起生活吗？你知道那对我会是多大的压力吗？我很快就会重新开始无意嗑药的。外婆总是像这样：给我拿这，给我拿那，坐我旁边，我很害怕，跟我说说话，一喘气儿我就心口疼……我都二十四了，妈，照顾外婆我可受不了。再说了，她精神还有点儿不正常吧？有点儿幻想症？我想那都是因为她肺里的血。有天夜里，她半夜睡醒说我想偷她东西。你信吗？她简直就是个怪物！我没偷她东西，她的项链缠到一起了，我只不过想帮她解开，奇奥也在帮我。”

“啥？奇奥也在屋里？”她说，“我不是给你说过离他远点儿吗?”

“我的天呀,妈,奇奥可是我的朋友呀,”他说,“而且是我唯一的朋友。没有朋友我怎么变好呢?至少我还有个朋友,你连一个都没。”

“我有不少朋友呢。”她说。

“那你说一个呗。”他说。

她看了看我。

我觉得心里暖暖的。

不过还是不明白她为什么叫我“古板先生”。

“好吧,妈,”他说,“你要不想让我待在这儿,我就不待在这儿。你想让我无意嗑药,我就去无意嗑药。我去当骗子,睡阴沟,这就是你想要的吧?”

“当骗子?”她说,“谁说让你去当骗子啦?”

“奇奥就是这样呀,”他说,“我们迟早都是这样,我们太需要药了。我们控制不住。”

“唉,我可不想让你去当骗子,”她说,“我不想你那样。”

“但睡阴沟行吧?”他说。

“你想睡阴沟就睡阴沟吧。”她说。

“我不想睡阴沟,”他说,“我想改变自己的生活。要是我有点小钱的话,很可能有助于我改变生活,比方说二十块钱。

这样我就能回去买些派对需要的东西了,喇叭之类的。我想弥补下我的朋友们。”

“你来就为了这个吗?”她说,“你想要钱? 唉,我没有二十块钱,再说开派对也不需要喇叭呀。”

“可我想要喇叭,”他说,“有喇叭派对更好玩。”

“我没有二十块钱。”她说。

“妈,求你了,”他说,“你总是帮我,我心里也不好受,不过你可是我最后的指望啦。”

珍妮特把我拉到一边,说:“发工资了我就还你。”

我看了她一眼。

“求你了,伙计,”她说,“他是我儿子,你知道这种感受吧。你有个生病的儿子,我也有个生病的儿子。”

我的感受是:她说得对,也不对。我生病的儿子只有三岁,我生病的儿子不会骗人。

不过,事已至此,能用二十块钱把这家伙打发走也不亏本。

我回到自己的独立区,拿了二十块钱给她,她把钱给了儿子。

“太好啦!”他说着蹦蹦跳跳跑了出去,“儿子啥时候都能指望上妈呀!”

珍妮特径直回了自己的独立区。接下来的整个下午，我听到她在呜咽。

呜咽还是大笑？

大概是呜咽吧。

天色渐暗，我回到自己的独立区，嚼了一把可可豆，收拾完了，拿出一张《同伴每日表现评价表》。

真的有点难办。她儿子穿着便服直接闯进洞里，在洞里说英语，她也用英语回应，俩人多次说脏话，她整个下午都在自己的独立区哭泣。

可是，我又能怎么办呢？出卖一个母亲奄奄一息的朋友，而且还是在她发现自己不成器的儿子比她原本想的还不成器这天吗？

是否注意到任何态度不端的情况？没有。对同伴整体评价如何？非常好。有没有需要协调的事情？

没有。

我把表格塞进传真机。

15

午夜时分，我的传真机响起了接收到传真的声音。

是路易丝发的。

糟糕的一天。他起初发烧,后来忽然浑身发冷。四肢肿得厉害,有些地方的皮肤好像要胀裂似的。一整天只吃了两把脆玉米。很烦躁。唉,我的老天哪,可怜的孩子。整整一天就穿着内衣站在炉子旁,盯着窗外,嘴里一直念叨:“爸爸在哪儿?他为什么总不回家?”还有,他吃的药也涨到了七十块钱一百二十粒。天哪,总是干活干活干活,你应该看看我,我看起来都快九十岁了。还有,我们上车的时候,一大条子东西从房顶还是侧墙上掉下来,差点把双胞胎砸死。保险公司说他们不给赔。我该怎么办?我不管它吗?要是不把它钉回去,下面的木板会不会有事?哎呀!不用回复了,我得去睡了。

爱你,妻。

我躺在床上,在黑暗中一遍遍数着我独立区房顶的吸音瓦片。

一百四十四块。

还有,我真的饥饿难忍,要是有只山羊我什么事儿都能干得出来。

尽管毫无疑问,耽于问题本身并不能解决问题,但另一方面,乐观看待问题同样也无法解决问题。不过至少乐观的话,能给人带来,或者应该能给人带来力量,而力量毕竟是好事。此时此刻,力量很有必要。此时我必须成为,你知道,一块石头。我现在需要明白的是:我不必解决世界上的所有问题。我没有能力治愈尼尔森,所以我必须做自己能做的事情,就是不断挣钱。要想不断挣钱,我就必须坚强,这样才能继续做好工作。也就是说,我绝不能深更半夜在自己的独立区一直为各种问题担忧。因为如果这样,第二天早上我就会疲惫,可能工作就做不好,继而会危及我不断挣钱的能力,尤其是,如果,比如说,有"现场抽查"的话。

我继续数瓦片,但同时尽量微笑。我在黑暗中微笑,还信心满满地点头。面对问题,我试图积极乐观并创造性地找到出人意料的创新解决方案,比如中了大乐透,比如员工调整中止,比如忽然一天早上尼尔森醒来,疾病痊愈。

16

第二天早上又是我清理垃圾袋的时候,我们俩的排泄物垃圾袋、普通垃圾袋以及光滑金属洞口的垃圾袋。

我敲了敲珍妮特独立区的门。

“进。”她说。

我走了进去，冲她比画着：我梦见原野上有一大群动物，像地上的草一样望不到头，多得像庄稼地里的蝗虫，这种动物背上的驼峰隆起如小山，诸如此类。

“嘿，昨天的事儿对不住啦，”她说，“真的对不住。我从没想到那个小崽子敢上这儿来。你觉得他是买票进来的吗？我才不信呢。我猜，他是他娘的跳墙进来的。”

我把她柳条筐里的垃圾袋装进我的白色大垃圾袋里。我把她装废弃女性卫生用品的垃圾袋放到我的白色大垃圾袋里。

“不过，他长得还不赖，是吧？”她说。

我略微点了点头。我把三个写着“小心排泄物”的袋子从角落里拎出来，装进写着“小心排泄物”的我的粉色大垃圾袋里。

“嗐，”她说，“我没事儿吧？你有没有把我卖了吧，就是他来的事？”

我看了她一眼，意思是说：我本来应该那样做，但是没有。

“太谢谢你啦，”她说，“老天，你真是大好人。从现在开始，不会再搞砸了。我向老天发誓。”

我从洞里走出来，一只手拎着白色普通垃圾袋，另一只手拎着装我们俩排泄物的粉色垃圾袋。

17

小路上一个人也没有，从“拓荒营地”方向传来湍急的水声，可能是“大罪洪水”吧？每个月两次，他们打开“蓄水池”，河面变宽，很快，一些可拆卸的房屋残片和备有特殊充气筏的拓荒者的马车就顺流而下，我们可以隐约听到预先录制的移民的尖叫声。

我沿着白色的悬崖，拐到有一小块黄色油漆斑点标志的内部道路上。

马蒂在两间门脸外面跟一个小男孩玩传球。

我倚着一棵树坐下，开始写文件。

“接得好，儿子！”马蒂对那个孩子说，“你接得真棒，我猜你肯定是学校里最棒的接球手吧。”

“不是的，爸爸，”那孩子说，“那些孩子接球很棒，大部分甚至比我还棒。”

“听我说，要是你从那个学校退学，我多多少少还有点高兴呢，”马蒂说，“那些有钱人的孩子，我对他们还真说不准。”

“我不想退学，”孩子说，“我喜欢那儿。”

“唉,你可能不得不退,”马丁说,“我们也许会决定你退学最好。”

“因为咱们缺钱了吧?”孩子说。

“也是,也不是,”马蒂说,“我们也缺钱,也不缺钱。爸爸的工作只是遇到点儿小,嗯,小麻烦。接得真棒!这次接得太棒了。把球捡起来,戴上手套,刚才扔得太用力了,我把你的手套都砸掉了。”

“我想是我的手有点软。”孩子说。

“你的手没问题,”马蒂说,“是我刚才扔得太用劲儿了。”

“说起来有点儿奇怪,爸爸,”孩子说,“学校那些孩子在许多事儿上都比我强,我是说,几乎所有事儿。那些孩子接球很棒,他们还有些去了棒球夏令营和数学夏令营。还有,你该看看他们穿的衣服。有个孩子还赢了高尔夫比赛的奖杯呢。还有,他们人很好。我没接到球的时候,他们真的真的很好。他们总是说,接得不错,还想办法教我呢。我长除法算错了,他们对我很好。我吃手指,他们对我很好。我的鞋在体育馆开线了,他们对我很好。有个孩子还把他的鞋给我穿。”

“他把他的鞋子给你穿?”马蒂说。

“他真的很好。”那孩子解释说。

“你的鞋怎么会开线呢?”马蒂说,“你的鞋是在哪儿开线的？怎么会开线呢？那可是双好鞋。”

“在体育馆，”孩子说，“我的鞋在体育馆开线了，我的脚都露了出来。那个跟我换鞋的孩子就穿上我的鞋，也是脚露在外面，他说他不在意。就算他一只脚露在外面，跑步时还是比我快。他真的很好。”

“你说第一遍我就听见了，”马蒂说，“他真的很好，说不定他去过‘好人’夏令营，说不定他去过‘送鞋’夏令营。”

“嗯，我不知道他们是不是有这样的夏令营。”孩子说。

“听着，你不需要去夏令营才知道怎么当好人，”马蒂说，“你也不需要有钱才会当好人。你只要当个好人就行了。你觉得自己非得有钱才能当好人吗？”

“我觉得是的。”孩子说。

“不，不，不，”马蒂说，“不需要。这就是我想跟你说的，你不是非得有钱才能当好人。”

“但会有帮助吧？”孩子说。

“不，”马蒂说，“没啥区别，这跟有没有钱挨不着边。”

“我觉得会有帮助，”孩子说，“因为有钱的话就不用担心鞋开线了。”

“胡说，”马蒂说，“你没钱，可你就很好呀。明白吗？你待人很好，是吧？要是别人的鞋开线了，你也会很好，是吧？”

“别人的鞋从来都不开线。”孩子说。

“你是想跟我说整个学校里只有你的鞋开线吗?”

“嗯。”孩子说。

“我简直不敢相信。”马蒂说。

“有一次,那个叫西蒙的孩子,”孩子说,“他的裤子开线了。”

“嘿,我就说嘛,”马蒂说,“那种事儿更糟,因为连内裤都露出来了。你的裤子从来就没开过线,我给你买的都是好裤子。不过并不是说我给你买的鞋不好,你的鞋很好,是最好的那种。那么,这个西蒙当时怎么办呢?你不是说他裤子开线吗?他很难过吧?别的孩子笑话他了吗?他哭了没?你有没有跑过去帮他?你有没有安慰他?你知道‘安慰’是啥意思吗?意思就是说几句好的。那孩子裤子开线了,你安慰他了吗?”

“不算吧。”孩子说。

“那你说啥了?”马蒂说。

“嗯,那个男孩,西蒙,有点臭臭的,”孩子说,“身上有种难闻的味儿。”

“别的孩子笑话过他身上的味儿吗?”马蒂说。

“有时候会。”孩子说。

“但他们没笑话过你身上的味儿?”马蒂说。

“没有,”孩子说,“他们笑话我的鞋开线。”

“那个臭孩子太可怜了,”马蒂说,“这样的孩子真让人难过。他父母怎么回事?没教过孩子洗澡吗?不过,哪怕别的孩子笑话他身上的味儿,至少你没笑话过他。”

“嗯,我也有点笑话他。”孩子说。

“啥时候?”马蒂说,“他裤子开线那天吗?”

“不是,”孩子说,“是我的鞋开线那天。”

“说不定那天他先笑话你了?”马蒂说。

“没有,”孩子说,“他好像只是站在那儿。可有几个孩子盯着我的鞋看,觉得好笑,因为我脚都露了出来。所以我就问西蒙,问他为什么身上那么难闻。”

“别的孩子笑了吗?”马蒂说,“他们觉得很有意思吗?西蒙怎么说的?他不再笑话你的鞋了吧?”

“嗯,他当时还没开始笑话我的鞋,”孩子说,“不过他正打算笑话我呢。”

“这个我敢打赌,”马蒂说,“不过你直接把他堵回去了。他怎么说的,你笑话他身上有味儿以后?”

“他说也许身上有味儿,但至少鞋不是地摊货。”孩子说。

“这么说他又给你驳回来了,”马蒂说,“有点小聪明,这个小崽子。不过,听我说,你的鞋可不是什么地摊货,我是花了大价钱买的。”

“好吧。”孩子说着把球扔进了树林里。

“投得不错,”马蒂说,“很有力量。”

“可惜有点偏了。”孩子说,跑进树林里去捡球。

“我儿子,”马蒂对我说,“学校放假回来了。我们送他上的是寄宿学校,对我儿子最好的学校!当然,是他们让这个店关门之前最好的学校。你听到啥风声了吗,啥坏消息?我听说他们可能会砍掉‘安全牧羊’景点,大概有十五个牧羊人,那样我就真的活不下去了。那些牧羊人可给我不少生意呢。唉,我都快烦死了。要是他们关掉我的小店,你想树林里那孩子怎么办呢?寄宿学校?你想他还能上得起寄宿学校吗?见他妈的鬼吧。寄宿学校肯定不可能,只能是最差劲的学校,那样他肯定会他娘的很难过。”

孩子手里拿着球从树林里蹦蹦跳跳跑了出来,问:“你们在说什么呀?”

“在说你呀,”马蒂说着把孩子抱起来夹在腋下,“在说你有多棒,你多可爱。”

“哦,这样呀。”孩子笑得很灿烂。

18

那天晚上九点钟左右，我听到珍妮特独立区传来一声尖叫。

尖叫之后，听着像在呜咽。

接着是大声抽泣，大概还有摔什么东西的声音，也许是她的传真机？

我走到她门口，问她怎么了，她让我滚开。

我回去再也睡不着了，便给路易丝发了个传真。

一切都好吧？我写道。

大约十分钟后传真回了过来。

埃文斯大夫有没有提到过"活动能力完全丧失"？我是说，"完全"。今天我带孩子们去公园，撒开了艾斯的狗绳，他看到一只猫便追了过去。等我把艾斯追回来的时候，发现尼尔森好像被卡在钻爬管子里了，好像自己站不起来。两条腿没有一点儿力气，我是说一点儿力气都没有。那个该死的艾斯！要是你能看到当时尼尔森脸上的表情，哦，天哪。我把他抱出来的时候，他说以为我不管他自己回家了呢，可怜的孩子。还有,他当时还想尿尿,就有点儿尿裤子。不过不多,只有一点儿。其他一切都还行,请勿挂念。唉,还是稍微挂念点吧。我们已经山穷水尽了,或者随你怎么说。尽管今天才五号,我们的透支账户已经负债累累了。还有,我晚上累得不行,没办法处理账单,所以上次的维萨卡和万事达卡还款迟了些,结果一下子就是三十块钱滞纳金,那些杂种,我真想把自己一只胳膊锯掉寄给他们。哈哈,别当真,我还需要那只胳膊签账单呢。

爱你,妻。

珍妮特的独立区又传来了呜咽声,还有愤怒的喊叫。

我给路易丝回了传真:

你带他去埃文斯大夫那儿了吗?我说。

她回复道:废话,已经约了周三,到时候给你说。别挂念,你只管好好工作吧。还有,尼尔森给你问好,说你是最棒的爸爸。

我回复说:替我给他问好,他是最棒的宝贝。

路易丝回复说:那其他孩子呢?

我回复说:给他们说,他们也是最棒的宝贝。

珍妮特的独立区传来了她反复捶打什么东西的声音,也许是她的桌子,大概是用拳头吧。

19

第二天早上,大槽里没有山羊,只有一张纸条。

是珍妮特写的。

今天不出工了。上面写着。布莱德利说买喇叭的事又撒谎了,他去买了你知道的那种东西。没向(想)到吧?在牢里。真是头春(蠢)驴。昨天晚上收到的传真。还有,我妈的病更中(重)了。以前她不能起床,要不肺里会有血。好了,现在得来回反(翻)身,要不肺里会有血,可谁给她反(翻)身呀?以前是芬太太,可现在人家找了份白天的活儿,就不行了。所以现在我得再找别人,给人家付钱。哈哈,真可笑,就像我能付得起似的。还有,布莱德利的保释金,我给你包(保)证,我决(绝)对不给他付。这么多事,今天我肯定没法到洞里了。很包(抱)歉,但真的不行。千万别告我,行吗?就这最后一次。我请一天病假。

她不能这样,她没病就不能请病假,她不能只是因为她爱的人生病了就自己也请病假,她当然更不能只是因为她爱的人坐牢了自己就请病假。

我数了十块备用饼干,整个早上都在画象形文字。

大约中午时,珍妮特独立区的门忽然开了。她看着怪怪的,头发蓬乱,里面穿着穴居妇女的长袍,外面套着件运动衫,上面写着“我是傻瓜”,满嘴酒气。

珍妮特喝醉了?在洞里喝醉了?

“瞧瞧这本相册里有啥?”她说,“该死的倒霉鬼布莱德利小时候的照片。那会儿我那么爱他,他变成瘾君子之前那会儿。瞧他多可爱呀,瞧他多机灵呀。”

她让我看那本相册,实际上,小时候的布莱德利既不可爱,也不机灵,跟前两天我看到的差不多,只是小点儿而已。一张照片上,他骑着辆小三轮车,好像要去抢劫;另一张上,他阴沉着小脸,一只手拿着比他更小的孩子穿的尿片。

“天哪,不管咋说,还是没法儿不爱这个小混蛋,是吧?”她说,“你知道我的意思吧?要是孩儿他爸在,就会好点儿。布莱德利从没见过他爸。我常说,他只看了孩子一眼就窜了。也许我不该那么说,至少不该当着布莱德利的面说。哎哟,我喝了点儿酒,你要喝点儿吗?来吧,快活点儿!像我一样请病假算了。我有三瓶巴斯特,还有半瓶红酒,这是我请过的最好的病假啦。”

我领她回到自己的独立区,严厉地把她推进去。

“进来呗，”她说，“喝杯巴斯特。要喝吗？我自个儿很孤单，你要喝杯巴斯特吗，古板先生？”

我不想喝什么巴斯特。

我只想她能安安静静地待在自己的独立区，直到酒醒。

整整一天，我独自一人坐在洞里。天色渐暗，我回到自己的独立区，拿出一张《同伴每日表现评价表》。

我小时候那会儿，爸爸在肯纳牛肉厂干活儿。牛腰从流水线上传送过来，他切开紫红色的肌腱，用一种钳子挤些血水到量杯里检测，然后把牛腰放进一个吊篮里，荡到精加工处。爸爸的搭档叫弗雷德·兰克。兰克脑子里有块金属板，有时脑子出差错会忘了切开紫红色的肌腱，或者忘了挤血水，或者忘了把牛腰放进吊篮里，而是直接把牛腰扔到精加工处。每当兰克脑子出差错的时候，爸爸就会替他遮掩，自己切双份牛腰，有时候会连续好几天都切双份牛腰。爸爸去世的时候，兰克给我妈送了一张一千块钱的支票，还写了一张纸条，上面写着：

请收下，他为我做了很多。

也许一部分出于这个原因，我才不愿意出卖珍妮特。

是否注意到任何态度不端的情况？没有。对同伴整体评价如何？非常好。有没有需要协调的事情？

没有。

我把表格塞进传真机。

20

第二天早上，大槽里没有山羊，只有一张纸条，上面写着：

出了一个问题，所以才有了这张纸条，虽说这个敏感问题有点古怪、涉及隐私，但我们必须要解决这个问题，因为你们中间的一个人提了出来。问题就是我们为什么要求你们偏远景区支付那笔钱——我们称之为“垃圾清运费”，也要求你们这样称呼，但你们这些人坚持错误地称之为“屎费”的那笔钱。好吧，现在就跟你们解释清楚，不过对大多数人来说，道理难道不是显而易见的吗？我们希望能解释清楚，但也许解释不清。因为我们发现（无意冒犯大家），一些对于我们来说那么显而易见的事情，有时候你们却弄不明白，比如你们喝了冰箱里的可乐为什么得掏钱。你们不掏钱谁掏钱？我们喝了你们喝了的可乐吗？

我们表示怀疑,是你们喝的。你们错误地称之为"屎费"的钱同样如此,因为屎毕竟是你们自己拉的,凭什么指望我们掏钱处理你们的屎呢?你们认为自己的屎是一项合理的商业支出吗?你们造粪能给我们带来什么好处吗?不能,恰恰相反,你们不拉不撒才能让我们受益呢,因为那样的话你们干的活儿会更多。哈哈!开玩笑啦!我们非常清楚,每个人都得拉屎,我们允许你们拉屎。不过,我们也同样清楚,拉屎需要花时间,有些人花的时间比别人多。年纪越大,我们就越注意到这一点,你们不也如此吗?这并不是说我们在替什么生物栓剂或化学便秘药品做广告,至少现在还没有!不行,那样是不对的,这一点我们很清楚,而且对健康不好。再说,你们有些人无疑又该抱怨得掏钱买便秘药品了,难道还指望我们免费提供吗?

你们有些人还有个好玩儿的地方,我们注意到了,就是你们不是我们上面这些人,但却总想不劳而获。那是绝对不可能的!你们拉屎花很长时间,就在你们争分夺秒的时候,有没有注意到我们在外面拿着计时器都快急疯了?所以呀,请别再跟我们说:我已经在掐着时间拉屎了,请免费帮我处理,替我负担一些开销吧。我们觉得这都是糊涂话。因为,正如你们所知,你们偏远景区很远,不通管道,我们必须花钱雇车,运送你们拉的屎,把你们拉的屎运送到管道口。你们怎么这么蠢呢?就像是,你们口渴就要指望我们免费提供可乐。可乐是树上长出来的吗?好啦,还有一个不是树上长出来的,是运屎的卡车。可能有人会跟你们解释我们办事的方式,也就是我们要赚钱。为什么呢?我们赚钱是贪婪吗?真让人可发一笑,根本不是。我们只有赚了钱才能发展,我们只有发展了才能壮大,我们只有壮大了才能继续聘用你们。但是,如果我们规模缩小,如果规模缩小或维持原样,对我们倒无所谓,对你们可不是什么好事。所以,帮我们就是帮你们自己,别再抱怨你们的垃圾清运费了。要是你们不想花钱,就试着少吃点儿。

顺便说一句,我们正打算在这方面给你们提供些帮助,从今以后少送些食物。我们没开玩笑,这是厉行节俭。我们觉得,随着你们吃得越来越少,排泄物垃圾袋也会越来越小,这样一来,你们在垃圾清运费上会节省一笔不小的开支。我们的朋友,这会是一大笔我们上面这些人没法节省的开支,你们知道这是为什么吗?我的意思是说,即便我们吃得少点,当然这个我们已经讨论过了,不会这样做,主要是为了保持体力,这样才能继续做出明智的决定。但你们知道我们为什么不能像你们这些幸运儿一样节省一大笔开支吗?因为,正如你们有些人发牢骚说的,我们没有“屎费”,我们上面这些人没有。所以说,哪怕拉得更少,我们也不会真正省钱。那么我们为什么不用掏“屎费”呢?因为我们受雇时的合同上就这样写的呀。你们要我们怎么办?再签一份待遇差点的合同吗?损害我们自己的健康福利吗?别说傻话了,讲点道理好不好?我们很多人还有学生贷款要还呢。世事艰难,景点一个接一个被砍掉,员工调整仍在继续,所以别再说什么屎呀屎呀的了,拜托了。只请大家记住:我们都是一家人,你们是孩子,这并不是说你们不成熟,而是说你们负责大部分杂活儿,而我们负责思考。同时也请记住,我们在以自己的方式爱着你们。

好几个小时珍妮特都没有出来。

大概是宿醉之后太难受吧。

十一点左右她走了出来,手里拿着那份备忘录。

“他们到底想说啥?”她说,“减少食物?甚至比现在还少?”

我点点头。

“老天呀,”她说,“我现在都快饿得受不住了。”

我看了她一眼。

“我知道,我知道,我又搞砸了,”她说,“我喝了点儿酒,在洞里喝了点儿酒。嘘,别跟我说你告发我了吧?告了吗?你肯定告了。”

我看了她一眼。

“你没有吗?”她说,“哇哦,你真的比我想的还要好,伙计,你是大好人。从现在开始,我不会再搞砸了,我知道我以前说过,但这次,千真万确,你瞧着吧。”

就在这时,大槽那儿传来了“咕咚”一声。

“太棒了!”珍妮特说,“我希望是一大份好吃的。”

但大槽里不是一大份好吃的,而是一只山羊,一只样子古怪的山羊。实际上,这是一只塑料山羊,身上预先打了个孔,以便烤架可以穿过。羊嘴里是个垃圾袋,袋子里有张纸条。

上面写着:为了厉行节俭,今天没有山羊。为了表演逼真,把这只假羊放在烤架上,就像它是真羊一样。烤架离火堆高些,别烧着。要是烤煳了,就把火弄小点儿。要是烤着了,赶快离开现场,塑料燃烧可能会释放有毒气体。

我把假羊放到烤架上,珍妮特两手抱头坐在旁边的石头上。

21

第二天早上是我清理垃圾袋的时候,我们俩的排泄物垃圾袋、普通垃圾袋以及一个光滑金属洞口所套的垃圾袋,那是珍妮特专门丢废弃女性卫生用品的袋子。

我敲了敲珍妮特独立区的门。

她把垃圾袋拖出来,都封好了口,贴好了标签,可以直接拿走。

“看看吧,”她说,“我已经改邪归正了。”

我从洞里走出来,一只手拎着白色普通垃圾袋,另一只手拎着装我们俩排泄物的粉色垃圾袋。

我沿着白色的悬崖,拐到有一小块黄色油漆斑点标志的内部道路上,诸如此类。

马蒂两间门脸的商店门上贴着一张纸条。

由于我们不可控的情况,我们不能再待在这儿了。

但请记得我们多么感谢你们的光顾。至于我们为什么不能再待在这儿了,我们不做评论,因为我们不屑于评论,我们比有些人强。有些人就是蛇蝎心肠。对有些人来说,十五年忠心耿耿的一流服务连狗屁都不是。我们能说的只有:该死的,当心你们后背。

祝一切都好,感谢过往的回忆。

马蒂、让尼娜和小埃迪

这时门忽然开了。

马蒂、让尼娜和小埃迪拎着箱子站在门口。

“你好,再见,”马蒂说,“尽管把粪便袋都倒到商店里吧。”

“好啦,马蒂,”珍妮说,“咱们试着想开点,行吗?咱们会没事儿的。再说啦,这个破地方根本配不上你,我一直都说,这个破地方根本配不上你。”

“实际上,让尼娜,”马蒂说,“我刚找到这活儿的时候,你说我有阅读障碍,能找到份活儿就谢天谢地了。”

“是呀,亲爱的,你是有阅读障碍呀。”让尼娜说。

“我从没说过自己没有阅读障碍。”马蒂说。

“他写字、写数字都是从后往前。”让尼娜对我说。

“你这是干啥,让尼娜?埋怨我吗?”马蒂说,“我刚丢了饭碗你就开始埋怨我?”

“哦，马蒂，我没埋怨你，”让尼娜说，“我可不会因为你遇到一点麻烦就不爱你了，就像我有了麻烦你也从来不会不爱我一样。”

“她嘴里口水太多。”马蒂对我说。

“马蒂！”让尼娜说。

“咋了？”马蒂说，“你能说我有阅读困难，我就不能说你嘴里口水太多吗？”

“马蒂，求你了，”她说，“你这是胡搅蛮缠。”

“我没胡搅蛮缠，”他说，“只是生气你埋怨我。”

“别担心，爸爸，”孩子说，“我不会埋怨你的。我不在意又回到老学校，真的不在意。”

“他跟原来学校那群自私鬼合不来，”马蒂对我说，“所以我们给他换回了老学校。不过，没啥你对付不了吧，儿子？实际上，我想着这样对他也好，教他学会坚强。”

“只要没人再把我锁进锅炉房就行，”孩子说，“这种事儿我真不喜欢。哎呀，那些老鼠什么的。”

“我怀疑那些到底是不是老鼠，”马蒂说，“很可能是猫吧，看门人的猫。我猜啊，锅炉房里黑乎乎的，你连猫和老鼠都分不清了。”

“看门人没养猫，”孩子说，“他还说那些老鼠没咬我的裤子算我走运,因为我裤子上有布丁味儿。那些孩子把我摁到地上,往我裤子上倒布丁。”

“是一天吗?”马蒂说,“老鼠和布丁,是一天吗?我想我之前都不知道这俩事儿是一天发生的。噢,我猜你那天肯定学坚强了不少。”

“我想是的。”孩子说。

“不过,没啥你对付不了的。”马蒂说。

“没什么我对付不了。”孩子说,眨巴眨巴眼睛,眼眶里噙着泪花。

“好啦,好啦,”马蒂说,他的眼中也闪着泪花,“家人们,该上路啦。我想就这样吧,咱们一起说再见,给咱们的家,甜蜜的家说再见吧。”

他们绕着两间房子转了一圈,一家人拥抱了一下,拖着行李箱沿着小路下山去了。

我走到垃圾堆放区,称了称我和珍妮特的排泄物。我把文件和处理费放进贴着“文件和处理费”标签的盒子里。我把垃圾丢进贴着“垃圾”标签的垃圾箱,把排泄物丢进贴着“小心排泄物”标签的垃圾箱。

我为马蒂和让尼娜感到难过,更为那个孩子感到难过。

我尝试着想象尼尔森被人关进一个伸手不见五指、老鼠乱窜的锅炉房里。

再者,我们这些偏远景区的人以后该去哪儿买香烟、薄荷糖和"嘉洋"呢?

22

回到洞里,珍妮特正专心致志地画象形文字。

见我回来,她指了指我的独立区,用口型示意我:传真。

我看了看她,她看了看我,用口型示意我:天呀,去吧。然后一只手在膝盖的位置比画比画,意思是说尼尔森。

我走了进去,却发现传真不是给我的,而是给珍妮特的。

第一页写着:

弗雷太太的传真机是不是坏了?烦请转交附件。

附件上写着:

请获悉,您儿子的案件我已竭尽全力。在我看来,此次辩诉精彩绝伦,虽然结果未能令人十分称心,但考虑到他所犯的罪行,十年监禁并不算时间太长。您儿子起初失声痛哭,待情绪稍做调整之后,对结果也表示接受，并对我的付出表示感谢，虽则他原话并非如此。不管怎样，他情绪毕竟有些低落。就私人感情而言，谨向您表示诚挚的歉意，然而从宏观而言，如从地质学角度来看，十年时间真的转瞬即逝。

真诚的问候。

埃文·琼勒先生

我把传真拿给珍妮特，她就坐在树墩上看了起来。

她读起来有些吃力。

终于看完之后，她看起来快要气疯了。有那么一刻，我都害怕她会把山洞拆毁，可她没有，而是冲到一个角落里，发疯似的假装捕食小虫子。

我走过去，把手放到她肩膀上，意思是问：你还好吧？

她粗暴地推开我的手，继续假装捕食小虫子。

就在这时，有人把脑袋伸了进来。

一个年轻人，圆脑袋，鼻梁上架着一副看起来很昂贵的眼镜。

“毕比，把科尔递给我，”他说，“这样他就能看见了。科尔-科尔，你能看见吗？这儿，爸爸把你举高点儿。”一个小男孩的头出现在他爸爸头旁边。

“好玩儿吗，科尔？”那个爸爸说，“爸爸妈妈带你来这儿高兴吗？记得爸爸给你说的吗？原始人怎么在洞里生活的？”

“他们不是，”小男孩说，“你说错了。”

“毕比，你听见了吗？”那个爸爸说，“他刚才说我说错了，关于在洞里生活的原始人。”

“听见了，”外面传来一个女人的声音，“科尔，原始人以前真的住在山洞里，爸爸说的没错。”

“爸爸总说错。”小男孩说。

“他刚才说我总说错，”那个爸爸说，“听见了吗？你把他这句话记下了吗？记到备忘本里了吗？说到自信，我理应非常自信。要是我忽然自信起来，诺姆和拉里会不会发牢骚？”

“没事儿，那伤害不了你。”那个妈妈说。

“相信我，我知道，”那个爸爸说，“所以我才会这么说。我能更加自信，这一点我深信不疑。我刚才只是开玩笑，拿我自己开玩笑罢了。”

“我想捅死你，爸爸，”小男孩说，“用一把锋利的长剑。你快笨死了。”

“哈哈！”那个爸爸说，“可是别忘了，科尔-科尔，笔杆子往往比刀剑更有力量！记得吗，记得我教过你吗？要是你对我有意见要说，创作一首侮辱我的诗歌不是更好吗？那才是真正的力量呢！毕比，你听见他刚才的话了吗？听见我说的了吗？你把这些都记下来了吗？还有，那个冰棒的包装纸你没扔吧？你把它粘到备忘本背面的小袋子里了吗？你记下刚才儿子吃冰棒时可爱的样子了吗？"

"你叫什么名字？"小男孩冲我喊道。

我吓得哆里哆嗦，尖叫着躲进角落里，诸如此类。

"我问你叫什么名字？"小男孩冲我喊道，"我恨你！"

"好了，科尔-科尔，"那个爸爸说，"咱们不用'恨'这个词，好吗，伙计？记得我跟你说过的吗？恨好比是那支难看的黑蜡笔，而爱则好比是粉蜡笔？记得我跟你说过的叮当钟吗？记得我给你说过的从前的那些坏人吗？他们曾经烧死女巫，那对女巫来说多可怕呀，她们实际上只是一群被吓坏了的老太太，她们的错误不过是对于所生活的那个年代而言聪明过头了而已。"

"你让人受不了！"那孩子冲我大喊。

"哈哈，我的天呀！"那个爸爸说，"毕比，你听见了吗？你把这句话记下了吗？他是在模仿咱们呢，因为咱们也对他这样说过。记下来他多生气，瞧他的小脸通红！瞧他还踢腿呢。哇哦，他真生气了。科尔，坚持得好！记得爸爸给你说过的那个小火车的故事吗？人人都不停地拧它，都没给它反应的工夫，最后它真的生气了，跺跺脚自己走掉了。记得我给你说过的永远不停止前进的那个约瑟夫船长吗？你跟他一样，我勇敢的小战士。毕比，给他一盒果汁。还有，他的涕涕从鼻子里流出来了。”

“耶稣基督呀。”珍妮特嘟哝说。

我狠狠瞪了她一眼。

“你说什么？”那个爸爸说，“对不起，我没听见，你刚才说什么来着？”

“没啥，”珍妮特说，“我啥也没说。”

“我清清楚楚听见，”那个爸爸说，“你说‘耶稣基督呀’。你说耶稣基督是因为我刚才说我儿子流涕涕了。首先，很抱歉你觉得小孩子流涕涕恶心，要是你自己有孩子的话，你肯定会知道这再正常不过了；其次，穴居人什么时候起会说英语了？还知道耶稣基督是谁？要是我没记错的话，穴居人不是生活在前基督时代吗？”

“当然是啦，”外面的那个妈妈说，“我们就是从基督那儿过来的，基督生活的时代。这会儿我们正在往回走，打算到出口。”

“听着，伙计，我有孩子，”珍妮特说，“我见过很多鼻涕。我只不过从来不把鼻涕叫作‘涕涕’，我就是这个意思。”

“毕比，记下来，”那个爸爸说，“来自穴居女士的育儿经验。这位穴居女士显然在鼻屎命名方面具有较强的观念。我花了八十块钱就是为了这个吗？要是我想叫什么穿着破破烂烂的人随便数落我,直接去你妈家就行了呗。”

“真好笑。”那个妈妈说。

“我就是想搞笑。”那个爸爸说。

“我以前是个好妈妈,”珍妮特说,“我儿子跟别人的儿子一样好。”

“嘿,那就跟我们聊聊呗。”那个爸爸说。

“哪怕他蹲了大牢。”珍妮特说。

“毕比,记下来,”那个爸爸说,“穴居女士的儿子蹲了大牢。”

“你个小混蛋,我不许你笑话我儿子。”珍妮特说。

“穴居女士刚才叫你‘混蛋’。”那个妈妈说。

“一个小混蛋,”那个爸爸说,“我一辈子都忘不了。”

很快,从伸脑袋的洞口飞进来一张卷着的《游客评价表》。

“学习价值”一栏中写着:灾难。我们学习到某位穴居女士满嘴脏话。我当然感觉到自己身处穴居人的时代。没有!

“总体印象”一栏中写着:那位穴居女士当着我孩子的面叫我“混蛋”。感谢至极!果真是花钱浪费时间买罪受。**开掉那个穴居女士,她最差劲。**

“知道我现在要干吗吗?”那家伙说,“我现在就把我手里这份评价表直接送到负责人办公室。你死定了,女士。”

“哦,妈的,”珍妮特说着跌坐到树墩上,“妈的,妈的,妈的。我这次是彻底搞砸了,是吧?"

天哪,她哪次没搞砸?这次算是彻底搞砸了。

"你想怎么办,伙计?"珍妮特说,"你会把我供出去吗?"

我看了她一眼,意思是说:拜托你闭嘴好不好?

这一天剩余的时候,我们分别坐在自己的树墩上。

天色渐暗,我回到自己的独立区,拿出一张《同伴每日评价表》。

一张纸条从我门缝里塞进来。

上面写着:我有个办发(法),要不你就说都系(是)那混蛋自己下(瞎)编的?比方说,他进来向(想)占我片(便)宜,见我不答应就编下(瞎)话害我?这样应该也行,我觉得还行。千万千万别把我供出去,要是我被炒了就完蛋了,你知道我家那些破事儿。再说啦,在这以前我作(做)得还是不错的,你得承认吧?

在这之前她做得相当不错。

我想起了尼尔森,他纤细的头发,鹰钩小鼻。每回我感谢他勇敢吃药的时候,他总会把头无力地靠在我肩上,说,没事儿。只是他儿化音不太会说,所以听起来就像:没死。然后他会拍拍我的肚子,好像我是那个勇敢吃下那么多药的人。

是否注意到任何态度不端的情况?

我写道:是的。

对同伴整体评价如何?

我写道:糟糕。

有没有需要协调的事情?

我写道:今天珍妮特不幸与一位游客发生了负面互动。今天珍妮特在洞里骂了一位游客。今天珍妮特不幸称一位游客是“混蛋”,用英语,在洞里。

我检查了一遍。

我写的都是事实。

我把表格塞进传真机。

23

几分钟后,我的传真机响起了接收到传真的声音。

是诺斯通发的。

这就够了!太棒了!太够了。对你有好处,别内疚。你是珍妮特吗?珍妮特是你吗?我觉得不是吧,我觉得你就是你,她就是她,你们俩不是一个人。你跟她不一样。她儿子是你儿子吗?你儿子是她儿子吗?不是,她儿子是她儿子,你儿子是你儿子。你内疚吗,对你做的事儿?千万别。请为自己骄傲。我啥意思？想想看，你和珍妮特是一棵树上的树枝。事实上，有时候一根树枝需要被砍掉，落在地上，那又怎样？那只不过是一根树枝，整棵树又不会死。有时候某根树枝必须死掉，这样其他树枝才能活下去。再说啦，那根被砍掉的树枝看起来好像死了，因为你是错误地从单个枝干的视角去看它。实际上，你应该从整个机构，我们这棵大树，最大利益的视角考虑。我们砍掉一根树枝，我们都变得更加强壮！而那根躺在地上的树枝，抬头看看，知道他或她是为了整棵大树好，也会高兴的。我希望珍妮特也这样想。不过，你也知道她那样儿，她那烂态度。说不定她只会躺在地上嚎，一边撕咬着她的叶子，一边诅咒我们树上这些人。可谁管她呢？她已经快死了，她已经完蛋了。这得感谢你呀，非常感谢你！这就是机构发展壮大的方式，通过愿意合作的无私帮助者一些勇敢的举手之劳，他们能做最难的事儿，为了大局把纯粹的私人感情放在一边。哦，还有，明天十点左右你大概想到洞外转转，因为那会儿要办这件事。

非常感谢！

格雷格·诺

我躺在床上，在黑暗中一遍遍数着我独立区房顶的吸音瓦片。

一百四十四块。

24

第二天早上不是我清理垃圾袋的日子，我们俩的排泄物垃圾袋、普通垃圾袋以及一个光滑金属洞口所套的垃圾袋。但我还是起得特别早，实际上，我起床的时候天还没亮。我给珍妮特留了张纸条，说我去清理我们俩的排泄物垃圾袋、普通垃圾袋和她光滑金属洞口所套的垃圾袋了，诸如此类，然后飞快地蹑手蹑脚出了洞口，蹚过河，坐在那群吃草的机器人中间，背对着山洞。

我坐了很久。

回去的时候，珍妮特已经走了，她独立区的大门敞开着，里面空无一物，只有墙上贴着一张纸条。

你他娘的伤了我的心，真得感谢你八辈儿祖宗！我他妈的现在该咋办？我想我只能回家给我妈来回翻身，直到她饿死，因为我们没钱。然后我大概会去跟一个牢头水（睡）觉，好把布莱德利弄出来。我真不敢向（相）信，经过了这么久，你最后出买（卖）我。

我还向（想）着你是我朋友呢，可你在乎的只是你自己。我不是在怪你，我是说，我也怪你，也不怪你。说真的，我真怪你。

你个杂种。

珍妮特

大槽那儿“咕咚咕咚”响了几声：一只山羊，几块牛排，四盒炸薯饼，一桶焦糖爆米花，几块馅饼，几罐雪碧可乐，很多很多小瓶装的“嘉洋”。

我盯着这些食物看了很久。

然后把它们搬到我自己的独立区，以备后用。

午饭时我吃了块牛排、一些炸薯饼和馅饼，喝了一瓶“嘉洋”。

也许在洞里吃炸薯饼、馅饼，喝“嘉洋”是禁止的，可不知怎的我觉得这是自己挣来的，心安理得。

我收拾完东西，坐在树墩上。

大约两点，小槽那儿传来了轻微的响动。

25

是一份备忘录，致“各部门”。

关于你们近期可能听说的谣言,特此告知:实属编造。编得太假了,我们本来都不屑于驳斥,因为驳斥谣言就意味着我们也真的听说了,而其实我们毫不知情。我们可不会把时间浪费在那些胡说八道上,不过,我们觉得,要是我们不去驳斥那些我们没听说过的谣言,你们也许会信以为真。那些谣言都是假的!所以,现在请允许我们明确澄清:你们听到的所有谣言都是假的。不仅你们听到的,还有你们没听到的,甚至还没有传出来的谣言,通通都是假的。不过,也有一种情况例外,即,如果谣言是好的,就不是假的。换言之,如果谣言是从积极角度评价我们,我们上面这些人、我们的任务以及我们所取得的成就,在这种情况下,只有在这种情况下,我们才不得不承认,你们所听到的谣言都正中要害,而且还要恭喜你们,拥有卓越的打探能力,能发现那些超棒的机密!总而言之,我们只是要求你们在听到谣言的时候先扪心自问:这个谣言是从消极方面评价机构的吗?若是如此,这个谣言就是假的,请千万别信。如果是积极的,那就太棒了,非常感谢你们对自己机构的关心,甚至愿意跪在地上,耳朵贴近地面打探消息。接下来,请四肢着地,趴在地上,把嘴唇贴在地上,把真相远播广散,告诉你们的朋友,告诉你们那些打算买股票的朋友。你们有记者朋友吗?把你们的嘴唇贴近他们的耳朵,告诉他们。

因为真相是什么?真相就是让你希望发生的事情发生。真相就是让我们的团队看起来更好,激励他们更加努力,同时让那些团队以外的人按照我们的方式看待我们的团队,让他们嫉妒。真相就是能激励我们比现在做得更好,顺便说一句,我们现在已经做得很好了。真相就是吹动我们风帆,而且只为我们而吹的那阵海风。因此,如果谣言让你们怀疑我们,怀疑我们上面这些人,那就肯定不是真的,因为我们已经明确将真相定义为能帮助我们获胜的事物。所以,如果你们想知道什么是真的,只需要问问什么是最好的,对我们,对我们所有人最好。你们明白我们的意思了吗?跟谣言相反,下一阶段的员工调整暂时不会进行。哪怕是最微不足道的借口,最不易发现的疏忽,也不会被当作我们接下来几周裁掉你们一半人的凭据,如果你们都可能听到的关于大规模裁员的谣言是真的的话。当然,这个谣言不是真的。明白吗?明白我们刚才是怎么做到的吗,怎么把胡诌的消极谣言转变为真相的吗?有机会也可以试试,你们会发现这种事儿相当好玩儿。至于大规模裁员,别担心,暂时不会进行,这是真的。另外,如果要进行的话,你们得扪心自问一下:我积极思考、乐观表达吗?我尽全力了吗?我有没有犯一丁点儿错误?但别担心,你们当中那些无须担心的人不需要庸人自扰,至于那些应该担心的人,现在才开始担心有点迟了,你们应该几个月前就开始担心,也许那时候还能有所弥补。但事到如今,该决定的已经决定了,或者马上就要决定了,如果我们刚才驳斥的,也就是关于已经决定本周就要开始裁员的谣言是真的的话。但实际情况是,正如我们刚才解释过的,那些谣言不是真的。

还要裁人?

天哪。

我重又坐回树墩上。

没有了珍妮特,总觉得有点不对劲。

有人把脑袋伸了进来。

是一个穿着穴居女人袍子的年轻女人。

26

她径直走进来,递给我一张密封的纸条,是诺斯通写的。

上面写着:这是琳达,你全新的搭档。长得不赖,是吧?包(袍)子底下的身子也很不赖呢,信我的,我见过她穿宽松裤的样子。明白我为啥要想法儿把珍妮特弄走了吧?不过,你也会发现她为人很正经,跟你一样。看见她眉毛了吗?那是永久性的,是让人怎么给粘上去的。大概每隔半年她都要去再补补色,人家从瓶子里再喷点什么东西。你可以用大拇指轻轻戳一下,跟真的皮肤一模一样。不过还是别试了,我说过,她很正经。她只让我戳,因为我就是我呀,至少我面试过她。要是你想试试,结果会咋样呢?估计她会告发你,或者把你揍扁!因为在穴居时代,一个穴居人用大拇指戳另一个穴居人的眉毛,毕竟看起来有点假。我希望我们现在,在后珍妮特时代,可以真正努力营造一种非常逼真的场景,比方说,你也可以考虑给自己做个永久性的眉毛,那样你就不用每天都画眉毛了,我知道那不是啥轻松事儿。不管咋样,我觉得你跟琳达会愉快相处的。好啦,这就是你的新配偶!我并不是说你要跟她交配,换作我,我是不会那么干的。就像我说的,她为人很正经。不过,要是你真想跟她交配,不觉得她比珍妮特更合适吗？我是说，她至少比珍妮特年轻，比她好看些吧。

我笑着伸出了手。

她看看我的手皱了皱眉，似乎是说：什么时候穴居人开始握手了？

她蹲下去假装捕食小虫子。

她是从哪儿学的，我也不知道。

我在她身边蹲下，也假装捕食小虫子。

我们这样忙活了很长时间。很长很长时间，但她依然没有停，嘴里还一直叽里咕噜念念有词，有那么一两次，我发誓她真的抓了个小虫子吃进了嘴里。

大约中午，我的传真机响起了接收到传真的声音。

是路易丝发的？可能吧，几乎确定无疑。其他会给我发传真的只有诺斯通，但他昨天晚上刚给我发过，而且刚才还给我送了张纸条。

我站起身来。

琳达看了我一眼，她的眉毛确实很棒，甚至还有能以假乱真的毛孔。

我又蹲了下去，假装捕食小虫子。

传真机接收传真的声音停了下来，大概路易丝的传真正躺在托盘里等着我去看。出什么事儿了吗？发生什么意外了吗？埃文斯大夫对尼尔森完全丧失活动能力怎么说？

还有五个小时我才能回自己的独立区看传真。

这也没有什么，真的不是什么问题。

因为我积极思考、乐观表达。

我跟琳达说下尼尔森的事儿应该也可以，但我觉得刚刚开始一起工作就跟人家说尼尔森的事儿有点可笑。

整个下午，我们都在假装捕食小虫子。我们假装捕食的小虫子比山洞里实际所能容纳的小虫子都多。我们假装捕食的假虫子数量假如是真的，差不多就能塞满一个我们山洞大小的山洞。感觉我们俩像在比赛。琳达一度看了我一眼，似乎是说：慢一点，太快了看着不真实。于是我慢了一点。我慢了一点，调整了一下速度，使自己假装捕食小虫子的速度跟她假装捕食小虫子的速度完全一致。我认为这种做法非常明智，我的意思是，如果我假装捕食小虫子的方式跟她假装捕食小虫子的方式一模一样，她就肯定不会对我再有意见了。

没人把脑袋伸进来。

（张伟红　译）

温克

八十个人在凯悦酒店一间昏暗的会议室里等待着，头上都戴着批量生产的纸帽子。“白帽子”是“预备开始”，“粉帽子”是“向前开始”，“绿帽子”是“坚定开始”，一直通往有能力“掌控生活”的“金帽子”。此刻，“金帽子”们围餐桌而立，每当有级别低的帽子从旁边经过，他们就会窃窃私语一番，并用胳膊肘互相捅捅对方。

号角声从一个隐蔽的录音机里传了出来。一个身穿开线法兰绒衬衫的男演员跌跌撞撞地走过舞台，他脖子上挂着一个牌子，上面写着“你”。

“我迷路了！”“你”大喊道，“我仿佛是在一片荒野中游荡！”

“嘿，‘你’，过来！”舞台另一侧的一个女孩喊道，她脖子里的牌子上写着“内在和平”，“我打赌你一辈子都在找我！”

“呀，真的呀！”“你”说，“我这就过去！”

就在这时，舞台两翼忽然冲上来一群演员，他们脖子里的牌子上分别写着“抱怨”“自恋”“她长胖都怪别人”，诸如此类。这群人围着“你”，开始戳他的肋骨，弹他的脑门。

“哦，‘你’呀，真不敢相信你更喜欢‘内在和平’而不是我！”“不安”说，“真让人难过。”

“坦率说，我一生中从没这么失望过。”“失望”说。

“哦，天哪，你们吵吵得我心惊胆战。”“高度紧张”说。

“‘你’，我在等你，”“内在和平”说，“你到底想不想要我？”

“我想呀，可我好像被困住了！”“你”大声说，“我似乎无法得到自己想要的！”

“‘你’呀，跟这个世界上其他那么多人一样。”“内在和平”难过地悲叹。

“我无药可救了吗？”“你”说，“要是有人毕生都在研究人在寻找‘内在和平’途中所遇到的障碍，该有多好啊！”

“有人真的已经研究过了。”“内在和平”说。

录音机里又传来一阵号角声，一个戴着面具的“金帽子”（他的帽子似乎是用真的金子做的）蹦蹦跳跳地上了舞台。他活动活动身体，松松筋骨，把“不安”拽进一个纸糊的牢房里，上面写着“关押阻止我们寻求‘内在和平’之人的牢房”。随后，“金帽子”又把“间歇抑郁”“黏人”“无助”，还有别的演员统统从舞台上连拖带拽地推进了“牢房”里。

“看到我刚才所做的了吗?”“金帽子”说,“我把‘你’从那些阻止寻找‘内在和平’的人那儿解救了出来,给‘你’帮了大忙! 可问题是:‘你’能一直保持自由吗? 也许‘你’需要的是内在有个持续的提醒,一句咒语。咒语可以被视为内心持续的提醒,是吧? 台下大家谁有奇妙好玩的咒语可以跟‘你’分享一下呢?”

人群兴奋起来,因为他们都知道这个咒语,就连级别最低的“白帽子”也知道,甚至奈尔·雅尼克,那个坐在第一排惴惴不安地咬着胡子,却又心潮澎湃的人也知道,因为那句咒语出现在所有的电视广告上,并且以醒目的字体登在《东方杂志》的封面上。

“告诉我,朋友们!”那个“金帽子”大声喊道,“现在是什么时刻?”

“现在是我要胜利的时刻!”人群高喊。

“说对了,宝贝!”“金帽子”兴奋地说,扯掉他的面具,露出了那张许多人已经猜到的面孔。他不是普通的“金帽子”,而是汤姆·罗杰斯本人,研讨班的创办人。

“真有趣呀!”他大声说,“我有东西可以给你们,而你们也正需要我给你们的东西。下面就是我能给你们的,朋友们,虽然不是很多,真的,只是两个简单的理念。第一个是:燕麦粥。"

他说着从怀里掏出一只碗、一盒燕麦片,把麦片倒进碗里,举起碗说:

"简单、营养、便宜,这代表了你灵魂最纯净的状态,你出生那天的灵魂。那时的你完美无瑕,快乐无比,美好良善。

"现在,第二个理念出场:屎。别担心,朋友们,我不会拿真的屎到舞台上,只是想象的屎。你们得自己脑补一下这坨屎。好了,要是这会儿有人走过来,往你热气腾腾的燕麦粥里拉屎,你会怎么说?你会说'哇,太好了,谢谢,请继续往我的燕麦粥里拉屎'吗?我是不是脑子进水了?我脑子的确有点进水了吧。但你能想到吗?在现实生活中,每时每刻都有人走过来往你的燕麦粥里拉屎——朋友、同事、爱人,甚至你的孩子,特别是你的孩子!而对于他们的行为你恰恰就是这么回应的。你说:'非常感谢!'你说:'继续拉吧!'这里我把这个比喻再稍微引申一下。你说:'有没有什么方法让我帮你在我的燕麦碗里拉屎?'

"我给你们说件不可思议的事儿:我以前就跟你们这帮人一模一样。有个人,这个人我不愿指名道姓,曾经在我的燕麦粥里拉了很多屎。只是因为这个人运气有点差,只是因为他在受苦，只是因为他事实上坐着轮椅，他便指望我放弃自己的生活，任由他在我的燕麦粥里随便拉屎，让我全天照顾他。我的这兄弟呀，这个吉恩，哎呀，我怎么说漏嘴了？可这听起来是不是有点自相矛盾？他无法站立，只能坐轮椅，是不是意味着他自己的燕麦粥碗里也有屎？好吧，也是也不是。当然，他受伤了，这没什么奇怪的。这个家伙骑摩托车在碎石路上摔倒，又被弹出去一两百米，还没戴头盔，当然，他肯定多少会受点儿伤。可那怎么会是我的错？我是那个醉酒超速骑车还不戴头盔的人吗？不是呀！我当时在家，正在研究我的塔西佗，在我人生的那个阶段我对他非常痴迷。那么，吉恩凭什么让我把自己的梦想和计划丢进垃圾桶呢？我有梦想！我有计划！终于——这些都写在我的书《拥有力量的人》里——我拿回了自己的内在力量，对吉恩说：‘别再往我的燕麦粥里拉屎了，吉恩，你的事儿我以后不会再管了。’同时，我也拿回了力量对我们的姐姐艾伦说：‘艾伦，把吉恩这个混球拿走，好好跟他玩儿吧。我如果为了伺候吉恩而放弃自己，就会变成一只愤怒的小狗，而愤怒会让人变得自私可恶，但我是个自爱的人，想成为最好的自己，因为不管怎么说，我都是上帝的孩子。’正如我在书中所写的那样，我对自己说：‘汤姆，现在是你要胜利的时刻！’那是我第一次想出这个咒语。然后，你们知道吗？我胜利了。我一直在赢得胜利。如今，我和吉恩，我们是朋友，他也承认我一直都是对的。至于艾伦嘛，她那儿还有点儿麻烦。只要我哪怕给她半点儿机会，她就会往我的燕麦粥碗里拉一大坨屎。但是，朋友们，你们猜怎么着？我是不会给她半点儿机会的，因为我已经在自己的粥碗上方安装了一个保护屏，当然，不是真的保护屏，只是打个比方啦。艾伦知道这一点，吉恩也知道，所以他们现在基本上都不来烦我，离我的燕麦粥远远的。他们在一起过得很不错。你们猜吉恩的轮椅坡道是谁拿举办研讨班挣来的钱让人修的？”

人群中响起了一阵热烈的掌声。汤姆·罗杰斯抬了抬手，柔声说：

“现在，朋友们，你们怎么样呢？现在是你们要胜利的时刻吗？你们准备好用保护屏隔开自己的燕麦粥，并识别自己人生中的吉恩了吗？那个正在毁掉你的人是谁？阻止你得到自己想要的东西的人是谁？肯定有那么一个人！上帝不会制造垃圾，要是你失败了，你的失败肯定是有人造成的。今天，我会带领大家完成我设计的‘三个基本步骤’：识别、屏蔽、反抗。首先，我们一起识别你人生中的吉恩。然后，我们会帮你从思想上在你象征性的燕麦粥碗上方安装一个隐喻性的保护屏。最后，我们会教你怎样反抗自己的吉恩，明确告诉对方，从今以后,你的燕麦粥禁止靠近。”

汤姆 · 罗杰斯热切地盯着台下的人群,柔声问道:

“你们觉得如何,伙计们?准备好了吗?”

人群中传来一阵不安的低喃声,表示同意。

“好了,现在,”他说,“我们一起排好队,排好队迎接改变,一个**巨大的**改变。”

他轻快地走下舞台,聚光灯扫过紧急出口旁搭建的一溜五个白色小帐篷,这些就是“个人改变中心”。

奈尔 · 雅尼克跟其他人一起站起来,看了下自己的“列队编号”,加入了“指定队列”。他个子矮小,三十岁上下,头顶和两侧的头发已经秃了。他排队时还咬着胡子,心里忐忑不安,不知道研讨班会不会有人,甚至所有人都能看出来他是个愚蠢的大冒牌货。他既没什么事业,也没什么正经生意,只是在自己的地下室里为“电脑配件”公司焊接小三角形配件,每个赚四十七分钱。可是在内心深处,他极度渴望生活能过得更好,于是便来参加了这个研讨班。

“4 号个人改变中心”的帘子掀了起来,奈尔弓腰走了进去。

帐篷里面是汤姆 · 罗杰斯和他的几个助手,一把椅子上还坐着一个穿工作服的假人。

“欢迎你,奈尔,”汤姆·罗杰斯说,扫了一眼奈尔的胸牌,“很高兴你来参加我的研讨班,奈尔。现在,奈尔,我们开始吧。请先在这个假人胸前写下你现实生活中的吉恩,也就是你认为往你燕麦粥碗里拉屎的那个人的名字。你明白我的意思吧?”

“明白。”雅尼克说。

汤姆·罗杰斯说话语速很快,好像他要在一天之内改变几百个人一样,当然,他实际上的确要改变这么多人。雅尼克对此没有任何意见,能成为这几百人中的一员,他已经心满意足。

“用不用我们帮你判断那个人是谁?”汤姆·罗杰斯问,“那个往你粥碗里拉屎的人?”

“不用。”雅尼克说。

“很好,”汤姆·罗杰斯说,“现在就请写下那个人的名字,并在名字下面写上你认为此人往你粥碗里拉屎的主要方式。一定要坦诚,这是我们之间的秘密,不会有旁人知道。”

假人胸前有个固定的可擦书写板,雅尼克在上面写道:“温克:长相丑陋、宗教狂热、需要她自己的住处。”

“太棒了!”汤姆·罗杰斯说,“很不错的开始。现在看看我能做些什么。我们稍微调整一下,能把‘长相丑陋’擦掉吗?

要是这个人,这个温克,能有自己的住处,她长相丑陋这件事儿还很重要吗?是不是不那么重要了?”

雅尼克脑海里想象着姐姐长相丑陋,但是住在她自己的公寓里。

“不那么重要了。”他说。

“好的!”汤姆·罗杰斯说着,把“长相丑陋”擦掉,“必须把问题简单化,这样才能专注于我们努力要改变的事情上,好吗?现在,我们已经确定,要是能把她从你家里撵出去,她长相丑陋是可以忍受的。已经前进了一大步,但何不趁热打铁,更进一步呢?我再假设一下:要是你能摆脱她的纠缠,你还在乎她是不是热衷于宗教吗?”

雅尼克脑海里想象,温克长相丑陋,对上帝狂热,但是住在她自己的公寓里。

“那肯定会好很多。”他说。

“是的,肯定会的。”汤姆·罗杰斯说着又擦掉一个,现在假人胸前只剩下:“温克:需要她自己的住处。”

“看见了吧?”汤姆·罗杰斯说,“看见我们是怎么简化问题的了吧?我们只剩下一个问题需要解决,这种简单直接的问题表述方式,你能接受吗?”

“能,”雅尼克说,“是的,我能。”

雅尼克现在明白为什么温克一直让他那么烦了。不是因为她曾经的一头红卷发已经发白,看上去好像她的头顶在胶水里泡了泡,然后又在一桶棉花团里沾了沾;不是因为她头上的那块斑秃,她每天早上都拿什么白色的玩意儿涂涂;不是因为她那张油乎乎的粉脸,每次遇到什么烦心事儿,那张脸上总会出现古怪的兴奋神情,比如他跟贝芙利·阿姆斯特在家约会那次,他晚餐时精心准备的秘制肉丸也无济于事,因为贝贝从头到尾一直惊慌失措地盯着温克;也不是因为她咔嗒咔嗒地从教会学校教学回家后的举动,她拥抱他的时间太长,而且喋喋不休套用基督话语的时候,身上廉价的花露水味道伴随着唾沫一起迎面扑来。都不是。其实他烦温克的原因再简单不过了,他们都已经老大不小,不适合再在一起生活。他有自己想要实现的目标,但她对他需求太多,模糊了他生活的重心。

“你有没有给这个人,这个温克,说过,她跟你住一起是你个人发展道路上的绊脚石?”汤姆·罗杰斯问。

“没有,我从来没有说过。”雅尼克答道。

“想着就没有,”汤姆·罗杰斯说,“你心地善良,你不想伤害她。这很好,可你知道吗?你这是在害她,你没给她说实话就是在害她。我是不是在说你沉默不语其实是往她的燕麦粥碗里拉屎？是的，没错儿。我是说你们俩是在互相往对方碗里拉屎。温克靠着谎言度日怎么能成长呢？是不是只有说实话才能让你自己解脱？以前没人给你说过吗？是不是上帝或基督说过？要是那样的话就太讽刺了，因为她可是个虔诚的基督徒呀。”

汤姆·罗杰斯给助手打了个手势，助手从一个盒子里拿出一顶假发套在假人头上。

“我们接下来要象征性地表演一下，”汤姆·罗杰斯说，“原始人都这样做。比如，他们会举办盛会祭祀‘丰饶之神’，或者把孩子浑身涂成白色，让他们用棕榈叶之类的拍打‘疾病之神’。我们比原始人更聪明吗？我深表怀疑，我认为说不定我们比他们更笨了。我们得痔疮的少了吗？印加人是死于高速公路上的车祸吗？给，拿着。”

他递给雅尼克一个棒球棍。

“现在是什么时刻，奈尔？”汤姆·罗杰斯问。

“胜利的时刻？”雅尼克说，“是我要胜利的时刻吗？”

“现在是你要胜利的时刻。”汤姆·罗杰斯指着那个假人给雅尼克强调说。

雅尼克挥动棒球棍，假人应声倒地，它头上的假发飞了出去。助手把假发捡回来扔回盒子里。汤姆·罗杰斯给了雅尼克一个大大的拥抱,说:"你刚才那个举动实际上是在象征性地说:'别再那样了,温克。插上翅膀吧,温克。我爱你,可你快把我害死了。我是个好人,是上帝的孩子,我不该去死。我值得活下去,我要活下去,所以,去给自己找个地儿住吧,姑娘! 飞吧,有朝一日你会感谢我的!'奈尔,这就是你的咒语,可以吗? 你滚出去! 在今天回家的路上,我希望你能心无旁骛地低声默念,不是生气地骂骂咧咧,而是心情愉悦地低声默念下面的话:'现在是我要胜利的时刻! 你滚出去! 你滚出去!'你愿意为我这样做吗?"

"愿意。"雅尼克说,非常感动。

"好了,这是维姬,"汤姆·罗杰斯说,"我最优秀的'金帽子'之一,她会带你穿过'对抗营'。奈尔! 祝你好运,祝你和平,祝你诸事顺遂成功。"

维姬的脸好像曾在车祸中被方向盘撞碎过,后来又被精心修整,直到看上去多少有点酷似从前的模样,几道平行的疤痕从太阳穴歪歪扭扭一直延伸到下巴。她领着雅尼克来到一张贴着"对抗营"标签的折叠桌旁,递给他一张纸,上面写着"温柔、坚定、深情"。

"这些是成功对抗的几个特点,"她说,口吻有点机械,"现在,把纸翻过来。"

另一面写着“愤怒、怯懦、指责”。

“这些是失败对抗的特点，”维姬说，“破坏性对抗。好了，让我们假装我就是那个人，那个叫温克的人，你跟我说让我走人。温柔、坚定、深情。现在，开始。”于是，雅尼克便对着维姬那张毁容的脸开始说，她在毁掉他的生活，在榨干他的一切，她必须要另找住处。而维姬则点点头，轻轻拍拍他的手，时不时打断他，说他有点太严厉了。

奈尔-奈尔马上就要回家了，但温克什么都还没准备好。

有些时候，她打扫卫生不紧不慢，想到什么高兴事儿就自顾自地微笑，想象有人被欺负了就情不自禁地皱起眉头。在她的想象中，有时被欺负的是一个瘦弱的小男孩，头上有道伤疤，而那个欺负他的是一个大个子胖男人，手里拄着根手杖；有时被欺负的是一个温柔和善的英国女孩，有点口吃，而那个欺负她的是她爱出风头的富姐姐，姐姐言辞优雅，要风得风，要雨得雨，她嘴里总是一边吃着粉色小糖果一边还不停地抱怨。有时候，温克会在脑海里问那个富姐姐，她想让人怎么把粉色小糖果从她嘴里扇出来。可这是不对的，基督徒不该这样做！你不该把粉色小糖果从她嘴里扇出来，你得让她扇你耳光，七十次的七倍，大概是五百次。等她扇完你最后一记耳光，会忽然间幡然悔悟，祈求你的宽恕，顺便还会给你些糖果，因为那才是爱的疗愈力。

哎呀呀！她这是在干吗呀？她疯了吗？该干活儿了！她怎么还站在厨房里胡思乱想呢？

她冲上楼梯，胳膊下夹着一个坏掉的模具，肩上搭着一只脏袜子。

走到半道，她在一个小八角窗前停下，神情恍惚地望着窗外，心想：从某种程度上讲，窗外的那些树也有我们一份呢。楼下的“提乌斯”商店和远处那排歪歪扭扭的榆树之间还是那块老草坪，不过很快就会变成“玩具乐园”。但现在，它还是会让她想起脚边摆满鲜花的基督跟小孩子一起受难的场景，她希望自己将来录制的唱片封面上就用这个场景。那张唱片是要歌颂上帝的，封面得是一幅水彩画，就像《请背负我的重担》那本书一样，封面上那头吃苦耐劳的驴子背上驮着一层又一层的柳条箱，背景是一座山。那本书主要说的是，如果你承担他人的忧愁和烦恼，耶稣上帝也会帮你分担忧愁和烦恼，所以封面上才会画那头驴子和那些柳条箱，所以她才会替奈尔-奈尔料理家务而从不要求他帮忙，并对此深以为豪。

天哪，她站在楼梯平台上干什么！她疯了吗？今天她得抓紧时间！她要给奈尔-奈尔准备茶点呢！她赶紧从平台上跑开，三步并作两步跑上楼。模具得拿到阁楼上，脏袜子得放进洗衣篮里，趁着上楼她还可以换换上衣，身上这件洒了汤汁，都干巴了。楼梯尽头的墙纸上印着无数个重复的画面，一个女孩用马鞭鞭打一只微笑的鹅。你们好，姑娘们！你们好，姑娘们！哈哈！你们好，大鹅们！我不会忘了你们的！

她从自己房间的抽屉里拿出一件绿上衣，奈尔-奈尔很喜欢这件。有一次，她穿着这件衣服的时候，他还问她是不是新买的。那是什么时候？是在“牛肉谷仓”吃饭那次，那次是他掏钱请的客，他问她愿不愿意离开“乡村公寓”搬去跟他一起住。哦，这个可爱的宝贝弟弟呀。她至今还保留着“牛肉谷仓”的火柴盒。当初住在“乡村公寓”的那些日子不怎么好过，除了那个安着一条假胳膊的朵丽丝外，身边所有的朋友都订了婚，那些姑娘有时候还会说些风凉话，但现在一切都过去了。对了，她得给可怜的朵丽丝寄张明信片。

可今天不行，今天她得抓紧时间！

她“咚咚咚”跑下楼，模具依然夹在胳膊下，脏袜子依然搭在肩上。

来到厨房，她撕开一袋饼干，却发现没有干净盘子，便洗了只盘子，却又发现没有毛巾，只好用上衣把盘子擦干。哎呀，她怎么还穿着这件黄上衣，怎么回事呀？绿上衣上哪儿去啦，她刚才不是从抽屉里拿出来了吗？哈哈！真搞笑。她真该把这件趣事儿写下来寄给《基督生活》，这个杂志喜欢日常生活中好玩的趣事儿，哪怕跟耶稣毫无关系也行。

厨房里简直不忍直视！但还是把重要的事情放在第一位吧。她的上衣真烂，不是烂，"烂"是个不好的词，她的上衣有点"糗"。爸爸常说这个词，"糗"，不是说她。他总是说她很"洁"，有时，他也说有些东西"洁糗"，但不是说她。他总是说她很"洁洁"，然后把她举起来。哦，爸爸，爸比，鸦片爸比！鸦片爸比现在进了天堂陪在上帝身边吗？她希望如此。爸爸活着那会儿，该喝酒喝酒，该骂娘骂娘。有一次，他喝醉了从台阶上滚下来的时候就骂娘，可是看到她跑过去，爸爸就大笑着从地上跳了起来。哦，每次他唱《山谷中的和平》，就能从他的歌声中听出来，他更向往另外那个更加美好的世界。这对于她这个年少的基督徒来说无异于一个美好的见证。

她飞奔上楼想换上衣。绿上衣原来在这儿，在最上面那级楼梯上！坏上衣！真该给它一巴掌！她使劲拍了拍绿上衣，拍掉上面的灰尘，把它弄平整，把模具和脏袜子放到楼梯上，直接站在原地换了上衣，然后又捡起模具，把袜子搭到肩上，"噔噔噔"下了楼。

有那么多事儿等着干呢！不仅是现在，她要准备茶点，而且以后也是！该干活儿了！既然她已经从那个孤苦无依的公寓搬了出来，现在总算能学钢琴了。要是学会弹钢琴写曲子，她就可以写一些歌颂上帝的歌曲，然后去了解怎么制作唱片，歌颂上帝的唱片，去歌颂此生上帝对她的种种好。上帝有多爱她，只需瞧瞧她如今的生活就知道了！一个相貌平平的姑娘住在一所舒适温馨的房子里头！哦，她知道自己相貌平平，腿胖腰粗，还有头发，哦，天哪天哪，她的头发，那是什么样的头发呀，"糗糗"的白发。无数次她都这样想：这不是头发，这是考验。别的那么多人头发浓密健康，而她却白发稀疏，真是一种考验呀。所以，每当她无意中瞥见镜中的自己，看到那头可怕的白发，总是竭力安慰自己：赞美上帝！

奈尔-奈尔一直都是她的甜心。那些女孩真傻！她们以为小个子秃头男人就不能有爱了吗？她们以貌取人，以为小个子都不好吗？奈尔-奈尔就像《圣经》里的好哥哥，那个整天跟父亲在地里干活，哪怕连小型派对都从不参加的人。唯一不同的是，他们家没有浪子弟弟，只有他们俩，所以没有聚会。不过，她会参加自己的聚会，一个大型聚会，是在天堂里。但此时此刻就在人世间，她好像也正在参加自己的聚会，因为她在雷氏药店门口看到一个浑身斑斑尿迹的矮个子男人，这个人并不乞讨，而是称赞进进出出的每个人看起来"整洁好看"，看到这个人，她知道他无论如何也算不上自己的兄弟。这个世界只是基督给她讲的一个故事而已。当她给雷氏药店门前那个脏男人说，他本人也看起来“整洁好看”的时候，对方给她的回应却是大声对她说，她丑得没人想操。她只能在心里默默告诉自己：好吧，赞美上帝，这个人说这样的话只是因为他很痛苦。与此同时，她眼里浮现出自己所愿意表现出的最灿烂的仁慈之光，因为哪怕她有点“糗”，但在基督眼中她依然美丽。所以对她来说，一切只是一场派对，一场大型派对之前举行的小派对，以后还会有最大的派对等着她呢，可奈尔-奈尔呢，他的派对在哪儿？

她愿意竭尽一切所能！今天就是他的派对，他应得的那个巨型派对上微不足道的一小部分。她的弟弟，此生的弟弟，她迄今为止在这个世界发现的唯一充满爱的灵魂。

门铃响了，她猛地拉开门，奈尔-奈尔就站在面前。

“欢迎回家！”她庄重地欢迎道，九十度鞠躬，那只袜子从肩上掉了下来。

雅尼克回家的路上满腔怒火，一路上边走边看两旁的商店橱窗，心里非常清楚，很快就会有那么一天，他和性感的妻子走进这些商店，他只需挥着短马鞭随手一指，相中的物品就会统统装进门外等候的奔驰车里。不过,等一等,要短马鞭干吗?谁还用短马鞭呢?挥着短马鞭开奔驰吗?哦,天哪,他激动得热血沸腾!他想要一辆捷豹,而不是奔驰!金鹅雕塑、高雅花瓶、陶瓷青蛙,一切的一切,只等交上好运,他要把所有东西都买下来,因为当他热血沸腾的时候,任何事儿都不是事儿。

要是爸爸现在能看见他多好呀,看他西装革履从金碧辉煌的凯悦酒店上完研讨班回家!可怜的爸爸呀,他不是要指责爸爸,但说真的,爸爸是个生活有追求的人吗?当然不是,爸爸绝对没有积极生活,生活已经把他打垮了。每天晚上,他都躺在沙发椅上喝杯啤酒,身上盖着一条羊毛毯。雅尼克还记得可怜的妈妈穿着她的礼拜服,那是她最好的衣服了,裂了个大口子,她不会缝补,便拿根线把那个裂口缠起来。爸爸戴着比头大一圈的帽子,最近他又丢了工作。他们一家人走路去教堂,在街角碰见一群西班牙小混混,他们从那些人身边挤过去的时候,其中一个混混对妈妈的乳房评头论足,说她的乳房很大,可妈妈身上哪儿哪儿都大,那群人为什么会议论她的乳房?好像乳房大有多好似的。他们都知道那对乳房没啥好的,只是一个阴雨绵绵的礼拜天早上一个大块头女人裹在紧身衣里的一对乳房罢了,她头上还顶着一个敞口面包袋子,勉强盖着白发不被雨淋。那个混混之所以敢这样说，是因为他只瞅了老爸一眼就知道没啥不敢说的。爸爸弯腰驼背，跟平时一样眨巴着眼睛，只是拽着妈妈的胳膊，冲那人嘟哝了几句，好像是说辱人者自取其辱之类的。随后那个混混冲妈妈和奈尔发出了一声牛吼，奈尔当时九岁，他想挣脱妈妈的手冲过去朝那人挥上一拳，但妈妈紧紧抓住他不松手，而他心里也暗暗窃喜，因为他真的很害怕。后来走进阴森森的教堂时，他又为自己方才那一丝庆幸感到羞愧。教堂里那个瘦削的牧师由于教众流失而焦虑不安，他跟爸爸引用《圣经》里莫名其妙的话聊了几句，而站在一旁的温克则两眼放光，仿佛刚才外面的一切都不曾发生，她的下半身在彩色玻璃透进来的光影中亦真亦幻。

哦，天哪，这个世界已经毁掉了爸爸，但绝对不能再毁掉他，绝对不行。如果这个世界认为他会住在一个西班牙混混对他妻子的乳房指指点点的社区，如果这个世界认为他会让一家人吃沾过点肉油的面包并且还把它称为“流浪汉的美味”，那它就大错特错了。他一定要成功，成为《拥有力量的人》中所描绘的那些人，他们拥有比城镇还大的花园，他们拥有整个船队，他们相信权力，只相信权力。是需要三十辆马车拉玫瑰花吗？消息很快传到了周边城镇，黄昏时分，崎岖的道路上便能看到马车上的灯笼越来越近。有个女仆模样不错?那就把她丈夫送到战场上。那些人知道怎么发现“权位”,占有“权位”,雅尼克也知道。比如有时候为了支付房租,他不得不一个晚上焊接一千个三角形配件。他不停地鼓风箱,同时不停地喝咖啡,只有这样才能清醒地熬到天亮。每当这些晚上,温克总会下来想陪他聊会儿天,他则粗鲁地把她撵走。他一撵她,她就果真乖乖地离开了,因为她从他的肢体语言中能感觉到对方宛若一个说一不二的国王,正在做一件大事。她不在跟前他才觉得舒服,感到强壮,焊接速度才能更快,这就是那本书所称的“权力叠加”。那本书还说,“巨大成功”往往青睐那些能把“权力叠加”一层一层叠加起来的人。“权力叠加”意思是说在任何时间做任何自己想做的事情,而且是信心满满,心情愉悦,而这也正是他即将要做的事情——把温克扫地出门!

现在是他要胜利的时刻!他为什么不能为贝芙利做秘制肉丸,随后在沙发上跟她做爱,给她讲讲自己的梦想和计划,看她是不是自己未来的人生助手?就像托马斯·阿尔瓦·爱迪生夫人,她曾经彻夜不眠,给次日工作必须要装船发货的化学品贴标签。

可是不行。贝贝现在在跟别人谈恋爱,是个商场的保安之类的。他还记得那次肉丸晚餐，温克一如既往喋喋不休地卖弄她的“学识”，什么皮肤红斑的护理呀，人体腐败所需的时间呀，那张粉脸还时不时伸进花椰菜冒出的蒸汽里。难怪她的室友想把她赶走，私下里偷偷给他打了电话；难怪她的牧师要她不要那么经常做义工——又是偷偷给他一通电话——教众们显然是因为她才不愿去教堂的。她是大麻烦，一个名副其实的能量空洞，当初让她来跟自己同住真是个天大的错误，而现在，她必须得走。

这令人伤心，是的，有点伤心。但是，如果伟大易如反掌，那人人都会成就非凡。

是的，她以前是个可爱的孩子；是的，他们曾经拥有一些美好的时光；是的，是的，是的，那次爸爸吃饭时哭了，他独自一人在楼梯下面藏了整整五个小时，她偷偷把饼干和他的小收音机拿给了他；是的，那次她偷了寺庙的鱼钩跟那些大孩子去钓鱼，他还记得她当时跑向自己时眼神中的恐惧；是的，是他在那些大孩子的哄笑声中把她带回家的；是的，她五音不全却自以为歌声美妙，这让人难过；是的，他现在发现洗衣池里她的短裤肥大无比，这也让人难过。但正如书中所说，人不应该引火烧身。

他的钥匙给了温克，所以只能按了门铃。

她出现在门口,跟平时一样疯疯癫癫。“欢迎回家!”她庄重地欢迎道,九十度鞠躬,那只袜子从肩上掉了下来,她弯腰去捡的时候头又撞到了防风窗上,哦,可怜的笨姑娘。

他妈的,他妈的,他的能量在减弱,他能感觉到。他在回家路上反复练习的话,现在好像跟这个站在门廊上两眼泪汪汪、揉着斑秃脑袋的姑娘毫不相干。他的力量不够强大,他不够伟大,他跟其他凡夫俗子差不多,甚至还比不上他们。别人都结了婚,有了正经八百的工作,别人没跟他们肥胖黏人的姐妹们住在一个屋檐下。他就是个失败者,后半辈子也将一直失败下去,因为他从来没有抗争过,他被一个糟糕的父亲、一个糟糕的母亲、一个糟糕的姐姐诅咒,却无力改变,无力从头开始。他懊恼地把她推搡到一边,走到了茶香四溢的屋里,未来的日子浮现在他脑海中,毫无希望,索然无趣,他的胸中忽然燃起了熊熊怒火。

“奈尔-奈尔,”她说,“你怎么了?”

他想打她、骂她、说难听话让她清醒,却只是径直朝自己房间走去,心里低声用最龌龊的语言咒骂她。

(张伟红　译)

海橡树

六点钟，弗伦特先生走进飞行舱，大声宣告："欢迎来到'快乐操纵杆'！"接着他发布命令**脱掉衣服**。我们脱掉了飞行服并叠放好。脱掉了衬衫，也叠放整齐。留下领带未摘。托马斯·科斯特是我们男孩当中的美男子，他拥有发达的肌肉和明亮的蓝眼睛。他刚把衬衫脱下来，两个胖女人就冲进过道往他裤子里塞钱，问他能不能做她们的飞行员。他说可以。他给她们端上沙拉，还有汤。我的电话响了，打电话的人告诉我去烈焰红唇套间里看看她。她是想让我做她的飞行员吗？我希望是这样。套间里的人是玛吉，她说她被诊断出患有慢性交际困难综合征，然后递给我一个傻瓜相机，给了我十块钱让我替她拍一张托马斯屁股的特写。

我拍了吗？是的，我拍了。

是的，我拍了。劳埃德·贝茨身上就发生了一件更糟糕的事。最近他变胖了，头发也变薄了。没有接到一个电话，没有客人点他，最后他坐在P－51机翼上，弓着背玩单人跳棋，这幅画面让他看起来大腹便便。

我服务了六张桌子，赚了四十美元的小费，外加五美元的小时工资。

打烊后，我们坐在地板上听取汇报。“有些时候，”弗伦特先生说，“人必须优雅地走向人生的下一个阶段，比如非洲或者巴西的某些女性，我记不清是哪个地方的女性，更年期将近的时候，她们要么粉饰自己的脸蛋，要么戴上与众不同的头饰。你懂我的意思吗？我们当中有一员现在必须离开我们。没有人是一个孤岛，没有人永远可爱，所以今天我们必须和我们的朋友劳埃德说再见了。对不起。我们非常抱歉。”

“哦，上帝！”劳埃德说，“希望这一切不是真的。”

但这是真的。劳埃德完蛋了。我们给了他一轮掌声，弗伦特送给他一支笔作为告别礼物，还有他储物柜的东西，把它们装进垃圾袋里，然后劳埃德走了出去。可怜的劳埃德。他有一个妻子，还有两个孩子，住在一个自主存储车道上可悲的小复式公寓里。

“很高兴认识你们！”他在门口绝望地喊道，免得断了自己的后路。

这是个压力多么大的工作场所。一旦你的可爱程度下降，你就得卷铺盖走人。客人们把我们分为三六九等，“风华绝代”“甜心派”“魅力相当”或“臭鬼”。我不是在抱怨。至少我还在岗。至少我不像劳埃德那样被划分为“臭鬼”。

我是一个可靠的“甜心派”或“魅力相当”,还能带着四十美元现金回家。

*

“海橡树”没有大海,也没有橡树,只有一百套保障性公寓,背对着联邦快递。敏和杰德正在喂她们的孩子,同时看着《我的孩子是如何暴死的》。敏是我的姐姐。杰德是我们的堂妹。马特·默顿是《我的孩子是如何暴死的》的节目主持人,她是一个身高六英尺五英寸的金发女郎,总是给父母按摩肩膀,告诉他们痛苦把他们变成了圣人。今天节目的主角是一名十岁的儿童,他杀死了一名拒绝加入自己帮派的五岁儿童。这个十岁的孩子用跳绳勒死了这个五岁的孩子,给他嘴里塞满了棒球卡,然后把自己锁在浴室里,直到他的父母同意带他去游乐场,在那里他坦白了一切,然后尖叫着跳进一个装满塑料球的笼子里。观众对凶手的父母发出尖锐的威胁,而受害者的父母强烈要求克制与宽恕,最终导致观众也开始对受害者的父母发出尖叫和威胁。接着是一个广告。敏和杰德放下婴儿,点燃香烟,在房间里踱步,同时朗读她们的普通教育发展证书考试的题目。看起来情况不太好。杰德说“弑君”是一种病毒。敏认为比夫拉是土星的一颗行星。我主动提出要帮忙,她们开始认为我居高临下、找优越感,因而对我大喊大叫。

“你很幸运,小子!”我姐姐说,“你上过高中,也拿到了你该死的文凭。我们没有。这就是为什么我们必须考这个该死的普通教育发展证书。如果我们有文凭,我们就只管好好看电视了,一点也不会分心。”

“这倒是真的。”杰德说,“现在闭嘴,傻妞!我们得学习。节目马上要开始了。”

她们争论一个三角形有几条边。她们一致认为丘吉尔演过歌剧。马特・默顿回来解说,上周关于自杀的节目中,父母观看儿子自杀场景的再现对他们而言是一种治疗方式,然后播放了一段父母认可这的确是治疗的视频。

我姐姐的孩子叫特洛伊。杰德的孩子叫麦克。他们爬进了厨房,特洛伊的手指被通风口卡住了。敏跑过去,开始往外拉。

“该死的耶稣基督!”杰德尖叫道,“小心!别拉他了,去拿该死的凡士林。你要给他的胳膊拉成长臂猿了,伙计!”

特洛伊开始哭。麦克也开始哭。我走过去把特洛伊弄出来。与此同时,杰德和敏打了起来,差点把电视撞倒。

“喂,傻妞!”敏放声大叫,“我敢肯定你在拍我!然后还撞倒了该死的电视?难道你不在乎吗?”

“我在乎啊!”杰德吼了回去,“你就是那个无缘无故差点把自己孩子手指拉断的荡妇,天哪!”

就在这时,伯尼姑妈戴着药房帽从药房回来了,一瘸一拐地走过来抱起特洛伊,一切都平静下来了。

“没必要大惊小怪,小男子汉。”她说,“一切都会好的。一切都很好。”

敏说着:“很好。”最后又捏了一下杰德。

伯尼姑妈就是个和事佬。她不喜欢麻烦。有一次,有个家伙在“美食王”那里踩了她的脚,她拖着十个断脚指头瘸着走回了家。她还没结过婚,因为奶奶去世以后爷爷需要她照看房子。然而爷爷去世后,把他所有的钱都留给了一个我们从来都没听说过的女人,伯尼姑妈就开始在药房工作了。但她并没有怀恨在心。有时候她太不在乎了,我都替她心烦。当我说“海橡树”是个坑时,她说只要头上还有屋顶她就很开心。当我说我厌倦了身无分文的时候,她说爷爷之前曾经送给她一些铅笔作为圣诞礼物,她就非常激动,整天坐在那里,在旧信封的背面画马。有次我问她,连个孩子都没有,你后悔吗？她说没有，一点也没有，而且，我们不就是她的孩子吗？

我说是的，我们是。

但我们当然不是。

晚餐是豆饼。甜点是冰坏了的冰激凌。

“我们度过了多么美好的一天。”我们把孩子抱上床后，伯尼姑妈说。

“老天，多么好的验光师。”杰德说。

第二天是星期四，也就是健康委员会的埃德·安德斯来定期检查的日子。他负责确保我们永远不会露出自己的老二，还有我们不能和任何人接吻。除了桑尼·万斯外，我们其他人都没有亲吻过任何人，也没有展示过老二。桑尼·万斯两者兼而有之，因为他正在攒钱购买“便捷传真”的特许经营权。至于我们的假老二，是的，我们可以展示给他们看，我们可以让它们伸出我们的裤子外面，我们甚至可以定期用喷雾瓶弄湿我们的紧身裤，这样我们的假老二就能真实地勾勒出轮廓。但是我们真正的那玩意，不，它们必须留在让我们热得不舒服的超大的假玩意里。

“对不起，伙计们。嗨，伙计们。”安德斯疲惫地走进来说，“大家要知道，我比你们更不喜欢这个。我去学校学习是为了学如何检查肉类的,但这完全不是我想的那样。哈哈!”

他点了一份林德伯格辣椒肉馅玉米卷饼,小心翼翼地吃着,好像它是个活物,害怕把它吵醒。桑尼·万斯正在一家酒吧里给一桌发型师上汤,他给他们快速地看了一眼,得到了二十块钱。

就在这时,安德斯从玉米卷饼上抬起头来。

“噢,你们就那样大声抱怨吧。”他说。然后写了一封停业整顿信,我们都被提前打发回家了。太糟了。每一美元都很重要。最近我一直把卫生纸偷偷放在公文包里带回家。我能装三卷。到家的时候,通常纸芯卷筒都被压扁了,在滚轴上转得不怎么利索,但仍然可以节省一些钱。

我打卡下班,穿过联邦快递后面的狭长森林。风景非常漂亮。一只浣熊越过倒下的橡树,开始啃一辆生锈的自行车。当我走出树林时,我听到背后有一声枪响——至少我认为这是枪声。可能是爆胎。但却不是,这是枪声,因为接下来还有另一声枪响,一些孩子冲过院子,喊着大猛狗咬死你。

我跑着回了家。敏、杰德、伯尼姑妈和孩子们挤在沙发后面。显然枪声响时她们带着孩子正在外面。特洛伊的小推车中弹了,幸运的是他不在里面。车的外形本来看起来像只鸭子,但现在它的喙不见了。

“天啊，去他妈的！”敏喊道。

“你的意思是‘闭上他们的乌鸦嘴’。”杰德说，“你想让他们长大有像我们这样的臭嘴吗？——我是说‘乌鸦嘴’。”

“我只是希望他们长大。”敏说，“嘘，戏精女士。”杰德说。

“滚开，泼妇！”敏嚷叫着。

“我是认真的，蠢蛋，我没开玩笑！”杰德大叫，拳头砸在敏的手臂上。

“姑娘们，再嚷嚷得震天响啊！”伯尼姑妈说，“我们应该心存感激，至少我们是有家的人，至少子弹没有真的击中任何人。”

“无意冒犯，伯尼！”敏说，“但你把这鬼地方叫作家？”

“海橡树”不是个太平之地。洗衣房里有一个隐匿的可卡因馆，上周敏在儿童泳池里发现了一些指节铜环。如果我有办法，我想把你们每个人都移民到加拿大。那里很好。那里的人很有礼貌。去年秋天我们周末去加拿大度假，轮胎爆了，两个脸孔通红的农民坚持要修理轮胎，然后请我们吃晚饭，然后开始为孩子们建立大学基金。一周后，他们给我们发了股票，还有一张我们所有人在餐馆吃馅饼的照片。但是移民到加拿大需要很多钱。爸爸去世了，什么都没有留给我们，妈妈现在和弗雷迪住在一起，弗雷迪不喜欢我们，而且他自己也不太富有。他在做电话调查的工作。这个月,他的调查问题是离婚女性多久会吃回头草,和前任上床。每完成一次民意测验他能得到十美元。

所以并不赚钱,移民加拿大是个不切实际的问题。

我出去找到了特洛伊童车鸭子造型的喙,用艾默思胶来修理。

“其实你知道吗,”伯尼姑妈说,“我觉得修理后它看起来更像是一只真正的鸭子了。因为有时候他们的嘴是不是会裂开? 我在市区见过这样的。”

“哦,我的天啊!”敏说,“孩子的鸭子被击中了脸,她说我们很幸运。”

“嗯,我们很幸运。”伯尼说。

“鸭子的嘴裂了。”杰德说。

“你知道如果发生不好的事情,我会怎么做吗?”伯尼说,“我不去想它,不去把它看得那么严重。这不是世界末日。我就是这么做的,而且我一直如此。我就是这样走到现在的。”

我的感觉是,伯尼,我爱你,但你看看你现在的处境? 你在药房工作,拿最低工资。你都六十岁了,还一无所有。你基本上就是你父亲的奴隶,一生中从未有过约会。

“我是说,你想抱怨就抱怨,”她说,“但我认为我们做得还算不错。”

“哦，我们做得很好。”敏说，然后把特洛伊从沙发后面拉出来，把他睡衣上的一些鸭子碎片弹掉。

“快乐操纵杆”周五重新营业。那是个极为吵闹的场所，他们又弄得烟雾缭绕。一家桥牌俱乐部给我十五美元让我跟梅尔·特纳摔跤，所以我就跟梅尔·特纳涂上油摔跤；他们给了我二十块钱，让我亲手喂他们吃鸡翅，于是我就喂他们吃鸡翅。下午过得很快，然后就到了晚上。九点钟，桥牌俱乐部的人都离开了，我又接手了一个女大学生联谊会。她们唱着几支打趣下流的歌曲，偷偷摸摸地碰我的假玩意，然后说她们再也不能直视男朋友瘦瘦小小的那玩意了。然后弗伦特先生走过来说有电话找我。是敏打来的，听起来她很抓狂。她连续四次尖叫，让我马上回家。我告诉她冷静下来，她就挂断了。我把电话回过去，没人接。没有什么要紧的事。敏很容易惊慌失措。可能又是其中一个孩子惹到她了。幸运的是，我是弹性工作制。

“我马上回来。”我对弗伦特先生说。

“我等你。”他说。

我慢跑着穿过沼泽地，穿过联邦快递。山坡上，最后一个农场的灯还亮着。有时我们带孩子们去附近的洗车场看奶牛,然而今晚奶牛没在那。

回到家,敏和杰德在伯尼姑妈面前上蹿下跳。伯尼姑妈坐在沙发的一端,一动不动。

“不要让孩子进来!”敏嚷嚷着,“我不想让他们看到什么死人!”

“闭嘴,哎呀!”杰德尖叫道,“别把她说成‘死人’!”

她蹲下,捏了捏伯尼姑妈的脸颊。

“伯尼姑妈?”她尖叫,“我操!”

“我们已经试过两次了,傻妞!”敏尖叫,“你为什么又要犯傻再做一次?摸摸她的脖子,看看你能不能感觉到有什么东西在跳动!”

“呸呸呸!”杰德尖叫道。

我打了911,医务人员来了,努力抢救了二十分钟,然后放弃了,说,很遗憾,看样子她大概是下午去世的。公寓里乱七八糟。她的抽屉是空的,她的全家福丢在浴缸里。

“她身上没有任何受伤的痕迹。”一名警察说。

“我怀疑她死于恐惧,”另一个人说,“对入侵者的恐惧?”

“我猜是的。”一名医务人员说。

“哦,天啊!”杰德说,“天啊,天啊,苍天啊。”

我坐在伯尼旁边。我在心里说我很抱歉。很抱歉事情发生时我不在这里，很抱歉你的生活从来没有快乐过，也很抱歉我没有足够的钱让你移居到安全的地方。我想起她年轻的时候，穿着粉色弹力裤，一边唱着“青蛙青蛙去求亲”，一边用药房的收据给我们做纸链。她这一辈子都在努力工作，从来没有得罪过任何人，现在怎么落得这么个下场？

——在保障性公寓里被吓死了。

敏把婴儿放在厨房里，但他们不停地爬出来。伯尼姑妈身上盖着裹尸布，躺在一架台车上，沙发上有一堆表格要签名。

我们打电话给妈妈和弗雷迪，听到了自动答录机的声音。

“妈，接电话！”敏说，“出事了！妈，快接电话！”但是没人接。

所以我们留了一条语音信息。

*

罗伯顿的殡仪业务洽谈室只是普通的街道上的一座普通的房子。里面有一架子小册子，标题都是像《为什么我爱的人显得更大？》如此之类。罗伯顿看起来很健康，也许太过健康了。他穿着一件黄色的高尔夫球衫,肱二头肌不停不由自主地移动。他还时不时摸摸他的三角肌,好像在确认它们仍然像垒球一样大。

“真让人伤心!”他说。

“多少钱?”杰德问道,“我是说,比如说,基本的。不是说最好的。”

“但也不要太差的,”敏说,“我们的姑妈是最好的人。”

“你考虑的价格范围是多少?”罗伯顿说着,打了个响指。我们告诉了他,然后他的眉毛扬了起来。他领着我们去看一个看起来像移动盒子的东西。

“使用前,我们会喷漆来防潮,”他说,“让它看起来很像木质的。”

“我们出的价钱只能买到这个吗?”杰德说,“纸板棺材?”

“实际上我已经给你便宜了,”他说,还做了一个靠墙俯卧撑,“鉴于这种悲惨的情况。这个是‘山峦日落’,不完全是纸板,更像是纤维板。”

“我不明白。”敏说,“看起来样子怪怪的。”

“我们能考虑一下吗?”妈妈说。

“当然可以。”罗伯顿说,“上次我查货时,发现这还是美国产的。”

我走过去仔细看了看。伯尼姑妈的脊梁将要躺下的地方还有几枚订书钉,脚那头还有一些关于将 A 标签折进 B 槽的文字说明。

“该死的,绝不能这样,”杰德说,“一辈子都在工作,最后却睡在一个‘五月花’盒子里?我真不敢相信。”

我们的储蓄很少。我们坐在桌前,罗伯顿做着所谓的“信贷计算”。如果我们按月付款,连付七年,就能买得起“琥珀雾”,包括一具双层厚的轻木棺柩、双层涂漆和一个小时的守灵时间。

“但是得花七年,老天!”妈妈说。

“我们得给她买个好的,”敏说,“她一辈子也没拥有过好东西。”

那么就定“琥珀雾”吧。

我们把她安葬在巴斯托公司附近的圣狮公墓。她的墓地相当普通,没有天使,没有小石屋,没有花,只有一堆扁平的石头,像地上的停车挡板,还有随处可见的泡沫塑料杯。布赖恩神父念了一段祷告词,然后我们应该派一位家属代表发言。但是有什么好说的呢?她从未有过真正的生活。她没有结过婚,没有孩子,整天只围着工作转。她乘游轮度假过吗?她一生都坐公共汽车出行。公共汽车,公共汽车,还是公共汽车。有一次,她和妈妈一起乘公共汽车去堪萨斯州的奎格利赌博,去奥特莱斯购物中心购物。她们在看罗伊·克拉克表演时,有人闯入她的房间,偷走了她的衣服,并在她的手提箱里丢了一堆垃圾。就这样。这大概就是她旅游的限度了。在那之后是没日没夜的药房工作。做了十五年收银员后,她被降职为迎宾员。人们会问她感冒药在哪里,她会指着墙上写着的“感冒药”几个大字。

妈妈的男朋友弗雷迪走出来说,虽然他认识她的时间不长,但她是一个非常好的女人,给予我们很多的爱,等等,等等,叽里咕噜。虽然她在生活中确实没做过多少事情,但她仍然对我们这些认识她的人很亲切,她从来不为任何事情发牢骚,对发生在她身上的事知足常乐,等等等等,诸如此类。

然后一切都结束了,我们应该离开。

杰德说:“我们每周都要来这里。”

“我知道,我会的。”敏说。

“什么,好像我不会?”杰德说,“她对人好得要死。”

“我敢说你在墓地骂人了。”敏说。

“什么时候‘要死’也是骂人的词了,傻妞?”杰德说。

“姑娘们……”妈妈说。

“我希望我说的有关她的话没什么问题。”弗雷迪用听起来像英国海军的腔调说着满嘴废话，“事实上，我自己也有点惊讶。”

“再见，伯尼姑妈。”敏说。

“别了，伯尼。”杰德说。

“哦，我亲爱的姐姐。”妈妈说。

我眯起眼睛，试着想象她开心的样子，笑着戳我的肋骨的样子。但我能看到的只是她在沙发上的照片。太可怕了。在世上某处，那个干了这件事的人还好好地活着——有人闯进了我们家，把她吓死了，看着她死去，翻了我们的东西，偷了她的钱。那个人现在还活着，现在可能正在吃馅饼、跑步或挠屁股，那个人，如果他想，他可以一路向西开三天或者多长时间，坐在海边沐浴阳光。

我们低着头，双手合十，站了几分钟。

葬礼之后，弗雷迪带我们去特拉班蒂餐厅吃午饭。去年特拉班蒂去世了，三个越南家庭一起买下了这个地方。这里仍然供应意大利面和比萨饼，特拉班蒂的油斑还在墙上，但是现在厨房里传来了这种非常美妙的越南音乐，食物也有所改善。

弗雷迪提议干杯。敏说,还记得伯尼是怎么点午餐和晚餐的吗?杰德说,记得当她的下巴发出咔嗒声时,她是想说她需要黄油吗?

“她是个很好的女人。”弗雷迪说。

“我已经很想她了。”妈妈说。

“我想杀了那个杀了她的混账。”敏说。

“午饭时我们不说‘混账’,怎么样?”妈妈说。

“这只是个词,妈妈,不是吗?”敏说,“就像‘胆量’,只是一个词?你不介意我说‘胆量’吧?胆量,胆量,胆量?”

“嗯,‘狗屁’也只是一个词,”弗雷迪说,“但我们午餐时不说。”

“‘呕吐’也一样。”妈妈说。

“狗屁,狗屁。”敏说。

服务员清了清嗓子。妈妈瞪着敏。

“我喜欢你们女孩子的举止。”妈妈说。

“尤其是你们在葬礼上的表现。”弗雷迪说。

“现在又不是葬礼。”敏说。

“我想的问题是你们这些孩子现在要做什么。”弗雷迪说,“因为我认为这整件事就给我们敲了个警钟,意味着你们应该像我一样,提着鞋拔子把自己拔起来,走出你们现在生活的危险境地。”

“电话民意测验先生发言了。”敏说。

杰德说:“不管怎样,没那么危险。”

“一个女人被杀了,还没那么危险吗?”弗雷迪说。

“我们只需要一个固定栓和一个猫眼。”敏说。

“什么是鞋拔子?”杰德问。

“就像是帮你拔鞋子的那玩意儿,你这个笨蛋。”敏说。

“另外,我们去哪里?”杰德说,“我们能和你们一起住吗?”

“我个人很乐意,你知道的,”弗雷迪说,“但是我们的房东不乐意。”

“我认为弗雷迪的意思是说你们这些女孩子们该找份工作了。”妈妈说。

“是的,妈妈。”敏说,“在上次那件事情发生之后?”

我刚搬来的时候,杰德和敏正在尼克五金店的问询台工作。后来有一天,我们去日托所接孩子,发现特洛伊赤裸地坐在洗衣机上面,麦克在院子里,被一只哈巴狗咬了,而日托所的女士正拨弄着游戏杆,在玩任天堂的“杀死鸟”游戏。

所以事情就是这么发生的。她们就不再去尼克五金店了。

“也许可以一个人工作,一个人照看孩子?”妈妈说。

“我搞不懂为什么我要工作，这样她就可以和她的孩子待在家里。”敏说。

杰德说：“我搞不懂为什么我要工作，这样她就可以和她的孩子待在家里。”

敏说：“真他妈该死，像我的跟屁虫。”

“我来给你们说两句吧。”弗雷迪说，“在我们这个国家，任何人，没什么不能做的。但是，首先，他们必须得尝试。你们却不尝试。两个人都不工作，还有一个人跳脱衣舞？我认为那不算一种‘尝试’。你们这些孩子光蹲着可不行。这就是为什么你们只好生活在一个危险的小破窑里。危险的小破窑里会发生什么？糟糕的悲剧。这是一种奇怪的美国方式——从一个危险的小破窑开始，努力工作，终有一天就可以搬到一个不太危险的小破窑里。最后，也许你会得到一栋豪宅。但以这种速度，你甚至都搬不进稍微不那么危险的小破窑。”

“说得好像你现在住在豪宅里一样。”杰德说。

“我没说我现在住在豪宅里，”弗雷迪说，“但话说回来，我也没住在什么贫民窟。还有一件事我也没做，那就是跳脱衣舞。”

“感谢上帝的恩惠。”敏说。

杰德说：“不管怎样，他从来没有真正裸体过。”

这倒是真的。通常我至少还是穿一条丁字裤的。

弗雷迪说:“难怪我们从来不带这些孩子出去吃顿丰盛的午餐。”

“我倒也不认为这是一顿美味的午餐。”敏说。

*

杰德用微波炉热了一些星旗肉饼做晚餐。它们吃起来会上瘾。调味汁里放的有糖,肉块里也有糖,我认为还有咖啡因。有人告诉我,星条旗上的棕色条纹就是咖啡因。我们每人大概吃了有五碗。

晚饭后,孩子们变得烦躁起来,敏把一团冰激凌和好时糖浆放进他们的瓶子里。我们看了半个小时电脑模拟的悲剧《可能发生的最糟糕的事》,这些悲剧实际上从未发生过,但理论上可能发生。一个小孩被火车撞飞了,飞到动物园,在动物园被狼吃掉了。一名男子砍柴时把手割掉,四处游荡尖叫求救时,被龙卷风卷走,落在课间休息时分的幼儿园,在一名怀孕的老师身上。

“我太想伯尼了。”敏说。

“我也是。”杰德悲伤地说。

孩子们开始号叫着要更多的冰激凌。

“太可爱了。”杰德说,“他们就像是说:‘给我们一团麻球。’”

“我们会给你们一团麻球的,亲爱的,别担心。”敏说,“我们没忘了你们。”

然后电话铃响了,是布莱恩神父。他的声音听起来很奇怪。他说很抱歉这么晚打扰我们,但是发生了一件蹊跷的事情,一件不好的事情,某种说不出口的事情。神父问我是坐着呢吗,我不是,但我说我是。

好像有人损毁了伯尼的坟墓。

我的第一个想法是,没有墓碑,只有草地,草地怎么毁坏呢?他们做了什么?在坟墓的草地上撒尿?但是牧师几乎要哭了。

所以我给妈妈和弗雷迪打电话,让他们来见我们。我们把孩子抱起来,然后把他们放进婴儿车。

“损毁?”杰德在去的路上问,“那是什么意思,‘损毁’?”

“意思是被人破坏了。”敏说。

“但到底怎么弄的?”杰德问,“我是说,说说他们做了什么。”

“我们不知道,笨蛋。”敏说,“这就是为什么我们要去那里。”

“为什么?”杰德问,“为什么会有人这么做?”

“看看舍里克 · 霍姆斯小姐,”敏说,“有人这么做是因为那人是个混蛋。”

“有人就是十足的大混蛋。”杰德说。

布莱恩神父开着高尔夫球车,打着手电筒在大门口接我们。

“当我看到这个的时候,”他说,“我惊慌失措,瘫下来了。这里从未发生过这样的事。我很抱歉。你们看起来像好人。”

我们太重了,爬山的时候轮子会打转,所以我下车沿着山坡慢跑。

“好了,伙计们,做好准备。”神父说。然后熄灭了发动机。

坟墓所在的地方现在只是一个洞。洞内是“琥珀雾”,棺盖不见了。“琥珀雾”里也是空空如也。伯尼姑妈不在里面。

“搞什么鬼!”杰德说,“伯尼在哪里?”

“有人把伯尼偷走了?”敏问。

“至少你们还能站得住。”布莱恩神父说,“我告诉你们,我可真是坐在了地上。我就坐在那堆泥土上,像中枪一样倒下了。看到那个印子了吗? 那是我坐过的地方。”

那堆墓土上有一个屁股印。

警察出现了，其中一位警察拿着卷尺和照相机爬进了洞里。拍摄了三四张照片后，他爬出来，递给妈妈一双蓝色的高跟鞋。

“她的小鞋子。”妈妈说，“哦，我的上帝。”

“是她的鞋子吗？”杰德问。

“就是那双鞋子。”敏说。

“吓死我了。”杰德说。

“我魂被吓飞了。”敏说。

“我得坐下来。”妈妈说，然后跌进高尔夫球车。

“我不明白，谁会想要她？”敏说。

“她就是那么个人。”杰德说。

“通常是十几岁的年轻人？”一名警察说，“通常我们会在附近找到被光顾的人。有次，我们在附近发现了被光顾的那个人，你知道，嘴唇之间有根烟，头上戴着墨西哥宽边帽。今天这些孩子比我们胆子更大。我还是个青少年的时候，可从没想过要挖出一具死尸。那个时候的小青年可能会踢一块石头，当然也可能会在地下室涂鸦，没准还会给酒鬼捣捣乱。”

“但是这，上帝啊，”弗雷迪说，“这完全是两码子事儿。”

“哦，是啊！”警察说，我们都低头看着妈妈手中的鞋子。

*

第二天，我回去工作。我不想回去上班，但我们需要钱。草是湿的，穿着表演靴很难蹚过泥塘。鞋底打滑，而且鞋子也太紧了。有几次，我向前跌倒，趴在了公文包上。公文包里有我的丁字裤和一瓶发胶。

很快我就看到一桌子坐在横幅下的“麦草畏妇女”，横幅上写着：“**祝你好运，碧翠丝，不要难过！**”我脱下衬衫，给她们端上沙拉，脱下飞行裤，给她们端上汤。其中一个妇女把一美元丢在地上，告诉我可以尽管捡起来。

我把它捡了起来。

“不是那样捡，不是那样捡。”她说，“面朝另一边，这样你弯腰时，我们就可以看到你的屁股缝了。”

我已经这样做过大约一百万次了，但不知何故，我现在做不到。

我看着她。她看着我。

“什么意思？”她说，“我认为那样才有意思，我认为那样才有意思。”

“那样才有意思，菲利斯。”另一位女士说，“你不要退让。”

“这样,”菲利斯说,“要么按照我说的去做,要么把那一美元还给我。我认为这样才公平。”

“你说得对,姑娘。”她的朋友说。

我把那一美元还了回去。我回到储物柜区,坐了一会儿。我第一次被选为“臭鬼”。“麦草畏”桌有十三个女人,她们都投我为“臭鬼”。“麦草畏”桌的女人知道我的情况吗?如果她们知道我的情况,还会投我的票吗?但是我该怎么办,出去说,女士们,我姑妈刚刚去世,而且她的尸体不见了?

弗伦特先生把我拉到一边。

“也许你需要回家了。”他说,“对你的损失我很抱歉。但我想鼓励你,不要表现得像印第安科曼奇族女人一样,她们会在心爱的人死去时,咬掉自己的食指。悲伤是好的,悲伤是好的,但是我们都知道,太多的悲伤,那就是过分的。如果你姑妈的死让你嘴里塞满了咬掉的手指,大声哭喊出来吧,请一周假,只是不要拿我们的客人出气,她们没有杀你该死的姑妈。”

但是我请不起一周假。我甚至连几天假都请不起。

“我们真的需要钱。”我说。

“那是我的问题吗?”他说,“我难道因为你需要钱就应该让你毫无活力地跳舞?为什么我不在报纸上登个广告,把所有需要钱的悲伤的人都招来？镇上所有悲伤的人都可能来到这里，并让悲伤在这儿消失。再见。等你觉得你有一半正常的时候再回来。”

我用付费电话给家里打电话，看看他们是否需要我从速食便利店带些食物回去。

“回来吧。”敏语气生硬地说，“直接回家吧。”

“怎么回事？”我问。

“回家。”她说。

也许有人发现了尸体。我想象着伯尼赤身裸体，身体被一分为二，被架在公共汽车长椅上。我希望，并且祈祷，她只受到了轻微的伤害，那样我们还可以忍受。

回到家，家门大开。敏和杰德一动不动地坐在沙发上，婴儿坐在她们的腿上，盯着摇椅，摇椅上坐着伯尼。是伯尼的尸体。

同样的烫发，同样的眼镜，同样的蓝裙子。

它在这里做什么？谁会这么残忍？我们该拿它怎么办？

然后她转过头看着我。

“他妈的坐下。”她说。

她一辈子也没说过脏话。

我坐了下来。敏握紧我的手，然后松开，握紧，松开，握紧,松开。

“先生,你,”伯尼对我说,“要开始展示你的阳物了。你要展示它,展示它。走到一位女士面前,如果她想看,如果她愿意付钱看,我会在她的额头上摁个拇指印。你看到拇指印,你就问。我尽量一天给你找五个,二十美元一个,所以一天可以挣一百美元,每周就是七百美元。而且那是现金,所以不用缴税。不用扣缴。懂了吗? 这就是它的好处。”

她头发上有脏东西,牙齿上也有脏东西,头发乱糟糟的,舔嘴唇时露出来的舌头是黑色的。

“你,杰德,”她说,“明天你开始工作。去安徒生唱片店,第五大道和里维拉大街交叉口。去的时候好好打扮一下,穿些漂亮的衣服,稍微露出点腿,别嚼口香糖。到那找莱恩。月底,我们拿着你赚的工钱和展示阳具赚的钱去一个新地方,一个安全的地方。这是第一阶段的第一部分。你,敏,你做保姆,另外你要戒烟。此外,你还要学会烹饪。不许再吃罐头食物。我们要吃好,才能呈现最好的状态,因为我要给自己搞很多情人。也许你们这些孩子不知道,但我死的时候还是个处女。没有孩子,没有情人;没东西进,没东西出。哈哈! 上帝给我的两腿之间的漂亮小东西,干透了,完全被浪费了。我现在要有情人了,你们这些讨厌鬼! 就像在电影里一样,有着宽厚的肩膀,我将在一个避暑别墅中开启美好的旅行。早上在我的房间里有一大瓶鲜花,我站在来自海面的微风中,吃着杯子里的虾,而我的爱人在阳台上看着我,我的乳头硬了起来,你们这群狗崽子,他宽大的臂膀闪闪发光,难以抗拒,我敢向你们保证,孩子们!哈哈!你们以为我在开玩笑吗?我没开玩笑。我一辈子也没得到什么东西!我的生活一团糟!就算飞机,该死的,我也没坐过。但那时候是那时候的生活,现在是现在的生活,我的新生活。现在,给我盖起来!用毯子。我需要美美地睡个觉。如果告诉别人我在这里,你们就死定了,另外他们也死定了。不管你们告诉谁,他们都会死。我用意念杀死他们,我可以做到。我现在非常强大,我有超能力!所以不要人来拜访。我看起来还不是最佳状态。明白了吗?你们都明白了吗?"

我们点头。我去拿毯子。她的手脚在发抖,她在磨牙,一颗牙掉了出来。

"把它盖在我身上,混账,快点走过来!"她尖声说。我把它盖在了她身上。

我们带着孩子偷偷溜走,在厨房里窃窃私语。

"看起来像她。"敏说。

"是她。"我说。

“是,也不是。”杰德说。

“我们最好照她说的做。”敏说。

“不是吧。”杰德说。

整晚她都盖着毯子,坐在摇椅上,颤抖着,咒骂着。

而我们整晚都坐在敏的床上,穿戴整齐,手牵着手,不敢休息。

“看看我有多强大!”她在午夜时分大喊大叫,还有种撕裂般的咔咔咔的声音。我出去的时候,微波炉的门被扯下来了,但她仍然坐在椅子上。

早上,她还在那里颤抖、咒骂。

“把毯子拿掉!”她尖叫起来,“是时候揭幕登场了。”

我把毯子拿掉。上面散发着难闻的味道。现在一只耳朵掉在她的膝盖上,她却一直心不在焉地想把它粘在头上。

“你,杰德!”她喊道,“去穿好衣服,去应聘并且拿下那份工作。见到莱恩时,把腰向前弯一点,让他看看你的上衣,给他一些幻想。他是个变态,但我们需要他。你,敏!去做早餐。做些家庭自制的东西,比如饼干。”

“你为什么不用你的超能力去做呢?”敏问。

“别自作聪明!”伯尼尖叫道,“你没看到我把微波炉弄成什么样了吗?”

“我不知道怎么做该死的饼干。”敏哭着说。

“你认字,对不对?”伯尼大吼,“你听说过‘食谱’吗?你进过坟墓吗?糟糕透了!你会为所有没做过的事后悔。相信我,除非你们加把劲,不然你们这些小贱人在坟墓里会过得很糟糕的!有什么东西掉了。关小恒温器!让这里变冷一点。我喜欢冷。我的身体有点不对劲,我感觉不对劲。”

我关小了恒温器。她看着我。

“去展示你的尤物!”她喊道,“这是第一阶段的第一部分。在我们到新地方后,第二阶段的第一部分就结束了。你仍然会展示你的小老二,但一周只用展示三天,因为你将开始读社区大学的法律预科。法律是最好的,你会成为神童的,你不傻。杰德会在周末工作,来弥补减少的老二展示费。明白了吗?明白这是怎么回事了吗?现在离开这儿。你打算怎么办?”

“秀我的小弟弟?”我说。

“去秀你的鸡,没错。”她说着,用手梳了梳头发,梳掉了一大团,这让她头的看起来几乎要秃了。

“哦,上帝。”敏说,“你知道吗?我和孩子们绝不可能单独待在这里。”

“你并不孤单，”伯尼说，“我在这里。”

“拜托，别走。”敏对我说。

“哦，别说了。”伯尼说。门飞开了，我感觉一只无形的拳头在背后推着我。

外面阳光明媚，又是寻常的一天。一个人在给车加油。云是寻常的云，太阳还是那个太阳，唯一不寻常的是我的衣服闻起来像伯尼，一股湿地窖和腐烂培根混合的味道。

工作进展顺利。我设法保持微笑，藏起颤抖的手，我的中班等级评定是“甜心派”。午饭后，有位老太太走过来，说我看起来太像一个真正的飞行员了，她几乎要忍不住了。

她的头上有一个拇指印，就像圣灰日的标记，只是有点发亮。

我不知道该怎么办。我是不是该出来问问她想不想看我的老二？如果她拒绝呢？如果我被抓了怎么办？如果我给她看，她觉得不值二十美元呢？

然后，她问我能不能给她最好的朋友表演一场生日桌上舞惊喜大秀。她指向她的朋友，是一个漂亮的女孩，额头上没有指头印，而且看起来有几分眼熟。

我们向那边走去，大约二十英尺处，我才意识到那是安吉拉。

安吉拉·西尔维。

我们高三的时候约会过。后来爸爸去世了，妈妈不得不在肉饼油脂仓库找份工作。由于仓库里各式各样的油脂，妈妈得了严重的皮疹，几乎连衬衫都要穿不上。另外，敏也变野了。所以安吉拉会过来，敏会站在车库的防水布下面，异常兴奋。妈妈只穿着胸罩坐在厨房高脚凳上，风扇对着肚子吹。安吉拉是个有梦想的人，她有自己的计划。她在笔记本上贴了一张 J. C. 彭尼商品目录中一间办公室的照片，并在下面写道：我的（有朝一日的？）办公室。有一次，我们看到一辆黑色保时捷，她说不错，但她想要红色的保时捷。最后一根稻草是艾德·爱德华兹，一个大酒鬼，他是爸爸的堂亲之一。情况非常糟糕，妈妈不得不把杂物间租给了他。一天晚上，安吉拉和我在沙发上亲热到很晚，这时艾德醉醺醺地进来了，冲着洗碗机尿尿。

我能说什么呢？“他和我几乎没打过什么交道”？“他很少这么做”？

安吉拉的眼睛像一对小火球。

我送她走回她家，我们没有吻别。回来后，我用尽力气清理洗碗机。几天后，我在邮箱里拿到了我的班级毕业纪念戒指，还有一份《宣言书》。

你将永远是我的初恋。她在里面写着。但现在我的路通向一个更高的平台。祝你永远安好,快乐地生活。请不要认为我残忍,只是我太想要取得成就,而且我不敢相信那个家伙就把尿撒在你们家的碗碟里。

我绝不会为安吉拉·西尔维跳桌上舞。我绝不会问安吉拉·西尔维的朋友她是否想看我的老二。我绝不会在这里逗留,这样安吉拉就不会看到我穿着飞行夹克和丁字裤,也不会纳闷,我怎么会这么狼狈,等等。

我躲在厨房里,直到轮班结束以后才走路回家。路上,我步子迈得很慢很慢,因为我害怕到了家,伯尼又会对我做什么。

*

敏在门口等我。她衬衫上满是面粉,看样子她一直在哭。

“我再也受不了了。”她说,“她好像要散架了。我是说屎从她身上掉了下来。另外,她还让我烤讨厌的馅饼。”

桌子上有一块很大的馅饼。伯尼的一只胳膊现在已经断了,在她的大腿上躺着。

“你在想什么!”她喊道,“你一次都没露出你那玩意儿?

你认为在她们的额头按指纹很容易吗？你试试，傻帽儿！你知不知道这个计划？你得带我们离开这儿！为了能把我们弄出去，你必须利用你手上有的东西——你也没什么东西——一张漂亮的脸和一个体面的部件，不是很大，但形状很好。”

“伯尼，老天爷。”敏说。

“什么，娇小姐？”伯尼喊道，用力把断臂摔在大腿上，另一只耳朵掉了下来。

“对不起，可这太他妈的令人作呕了。”敏说，“我要出去。”

“什么令人作呕？”伯尼说，“你是说我令人作呕？嗯，我觉得你才是。生活中有这么多美好的事情，你的脑子在哪儿？你用你懒惰的屁股思考。无论生活给你什么，你都接受。你哪儿也不去。你待在家里学习。”

“我是什么？”敏说，“学习什么？我不学习。有个妞来到我家，开始命令我学习？我很他妈不能相信。”

“你懂什么！”伯尼说，“一无所知，生活能有什么趣味？你在地图上都找不到你自己的城镇。你连一个总统的名字都叫不上来。我们去罗马时，你对罗马的历史一无所知。你需要学习《世界百科全书》。我们还有那些《世界百科全书》吗？”

“是的,还留着。”敏说,“我们要去罗马。”

伯尼说:“他成为律师时,我们就去罗马。”

“做梦吧,小妞。”敏说,“当我做了股票经纪人,我们就去火星。”

“你敢取笑我!”伯尼咆哮。紧接着我们家唯一一只花瓶飞过房间,差点击中敏的头部。

“她一整天都像现在这样。”敏说。

“像什么一样?”伯尼喊道,“我们度过了非常美好的一天。”

“她让我帮她试穿我的文胸。”敏说。

伯尼说:“我从来没有过漂亮性感的文胸。”

“现在我的文胸都被毁了,”敏说,“上面都粘了那种黏糊糊的玩意儿。”

“你这个忘恩负义的混账东西!”伯尼喊道,“你知道我在为你做什么吗?我在救你儿子,你竟敢说我让你的文胸上粘上东西!特洛伊会被院子里的交火困住。就在九月,九月十八日。他会从他的小三轮儿童车上摔下来,一条腿压在身体下面,血从耳朵里涌出来。这是个可怕的预言。你懂什么叫‘预言’吗?就是说‘灾难预报’。你知道这个词的意思吗?你以为我在胡说八道?我可没有胡说。我有超能力。不信来看这个：杰德一整天坐在窗边的桌子旁舔标签。她的老板给每个人都买了三明治当午餐，她会用绿色袋子带一些回家。”

“特洛伊那件事不是真的，对吧？”敏说，“对吗？我不相信。”

“打开电视！”伯尼喊道，“把遥控器给我。”

我打开电视，把遥控器给她。她调到《内森的美体小铺》。内森说搓板状的腹肌让女人疯狂，然后就是腹肌的特写镜头。

“哦，就是这样。”伯尼说，“这是给我看的。我想舔一下。舔一下，捏一下。我想骑在那块腹肌上面。”

就在这时，杰德带着一个绿色的大袋子走进了门。

“哦，上帝。”敏说。

“看吧，我告诉过你了！”伯尼说，戳了戳敏的肋骨，“哈哈！我真的有超能力！”

“我不明白。”敏绝望地说，“发生了什么事？拜托。特洛伊他会怎么样？你最好告诉我。”

“我已经告诉你了。”伯尼说，“他将会飞起来大约十五英尺，寿命大约还有三分钟。”

“伯尼，天啊……”敏说着，开始哭了起来，“你以前那么好。”

“我还和以前一样好。”伯尼说。她咬了一口三明治，摘下指尖开始咀嚼。

黎明刚过,她就开始喊我的名字。

“把毯子拿掉!”她说,“我感觉不太舒服。”

我拿掉毯子。她基本上就是这样一堆零件:双臂放在膝盖上,头靠在手臂上,脚跟并着脚跟。似乎是被衣服裹住的一堆零件。

“给我拿块毛巾。”她说,“我发烧了吗?我感觉发烧了。哦,我知道那个计划好过头了,但是好吧,来个新计划,新计划。我正在改变第一阶段的第一步骤。如果你看到两个指印,那意味着这位女士想睡你并且会付现给你。我们现在处境困难。我们得加快速度。我不可能什么都不会得到吧?现在谁会是我的情郎呢?”

门铃响了。

“狗娘养的!”伯尼咆哮道。

布莱恩神父拿着一盒甜甜圈。我快步走出来,随手关上门。他说他只是过来看一看,也许我们想谈一谈?也许我们对伯尼的处境还有些余怒未消?——当然那完全可以理解。曾经他还是一位年轻的牧师时,有人闯进来,用擦不掉的记号笔在圣母马利亚身上画了一撇小胡子,几个星期,他一直被向后掰弯破坏分子手指的幻觉折磨着,直到他或她突然流下歉意的眼泪,才释然。

“我知道那不合适。”他说,“我知道沉溺于幻想而不付出行动是对暴力的纵容。然而这使我快乐。我也想过当场抓住他们并用石头砸他们的头。我也想过在他们的背上跳上跳下,直到把他们的脊柱压裂。事实上,我有大概一百万个想法。但是你知道我做了什么吗?我把我们的圣母擦了又擦,很快她就焕然一新——我是说,她的雕像。她自己当然永远最新最好。”

从里面传来玻璃破碎的声音。玻璃碎了,然后有重物掉了下来,杰德大喊大叫,敏大喊大叫,孩子们在哭。

“哎呀,我猜,”他说,“我来得不是时候吧?听着,我要做的就是敦促你,如果可能的话,原谅作恶者,就像我原谅对圣母马利亚雕像乱涂乱画的作恶者一样。毕竟,你丢失的只是你姑妈的尸体,我向你保证,最重要的是——在其他地方她会得到很好的眷顾。”

我点头微笑,感谢他的来访。我接过甜甜圈,回到屋里。

电视坏了,冰箱倒了,伯尼的身体零件散落在客厅里,就像被大炮击中了一样七零八落。

“她想要站起来。”杰德说。

“我不知道她到底想去哪里。”敏说。

“过来。”伯尼姑妈的脑袋对我说，我蹲了下来，“我受够了。我完蛋了。像往常一样，我永远是伴娘，从来都不是新娘——尽管回想起来，我连伴娘也没有当过。来，秀一下你的老二，它是两点之间最短的线。世界不会放弃美好的生命。你有信托基金吗？你是天才吗？展示你的老二吧，这就是你所拥有的。记住：特洛伊在九月，骑着儿童小三轮车，一条腿扭伤了。别忘了。还有，别记着这样的我。要记得那天晚上我们去‘红龙虾’时的我，我烫了新发型的样子。啊，上帝。至少给我买块墓碑。”

我揉了揉她的肩膀，肩膀就挨着她的脚。“我们爱你。”我说。

“为什么有些人样样都有，而我却什么都没有？”她问，“为什么？为什么是这样？”

“我不知道。”我说。

“展示你的老二。”她说，然后又死去了。

我们站在那里，俯看着那堆零件。麦克向它爬去，敏用脚把他挡了回去。

“这太让人受不了了。”杰德说。她哭了起来。

“我们现在该怎么办？”敏问。

“报警。”杰德说。

“说什么?”敏问。

我们想了一会儿。

我拿了个赫夫蒂大袋子,找到了冬天的手套。

“我不看。”杰德说。

“我也不看。”敏说。然后她们把孩子带进卧室。

我闭着眼睛把伯尼裹在包里,然后拧个死结,把它拖进车的后备厢,并往后备厢里扔了一把铲子,开车前往圣狮公墓。我用弹力绳把袋子放进洞里,然后把洞填满。

沿着城往外走,有漂亮的房子,也有一般的房子。情人们在黑暗的院子里亲热,婴儿们哭喊着要妈妈。我想知道,除了耶稣,这种事情以前是否发生过。也许它一直都在发生。也许到处都是愤怒的死者,躲在房间里,盖着毯子,在他们害怕而尴尬的亲戚周围发号施令。可我们又怎么知道?

我肯定不会到处传播这事情。

我抚平泥土,快速地祈祷了一句:如果她回来是错的,原谅她吧,她这辈子什么都没有,而且她这么做是想帮助我们。

在车里,我想是不是要加一句祈祷:但请不要让她再回来了。

我回到家,婴儿们都睡着了,杰德和敏正在看一个电话色情广告片:三个女孩穿着连体皮衣裤在慢吞吞地吃香蕉,同时,屏幕上不断出现免责声明:“**未必都是女孩接听电话哦!未必都是女孩接听电话哦!**”

“这些小丫头似乎真的很喜欢那些香蕉。”敏用微弱的声音说。

杰德说:“但是我还是喜欢她们的连体裤。”

“是的,连体裤看起来不错。”敏说。

接着她们向上看着我。我从没见过她们如此悲伤、疲惫、脸色发青。

“完事了。”我说。

然后我们抱在一起哭,发誓永远不忘记伯尼真实的样子。我在地毯上洒了些消毒液,她们去读她们的《世界百科全书》。

第二天我很早就去上班了。没有看见一个指印,但无所谓。我和桑尼·万斯在一起,他告诉我怎么做:首先要问一个女人她想不想要私人导航,然后你给她看仿造的P-40战斗机,然后是王牌飞行员历史游廊,就在我们抹油的淋浴间,等等等等。然后在休息室附近的大厅里,你问她还有没有什么想看的东西。这很低俗,这很恶心,但是当我这样做的时候,我想到的是九月,九月份,交火之中的特洛伊,他小小的腿弯在身子下面,等等等等。

多数人说“没有”,但有些人说“有”。

我在一个叫“天鹅幽谷”的生活区里找到了一个地方。那里从来没有枪击,也没有械斗,那里的公立学校很棒,每个星期六他们都会让孩子们在俱乐部后面来场自然漫步。

我每赚一百美元,就留出五块钱给伯尼买墓碑。

在墓碑上写什么呢?“**生命从她身旁路过**”?“**失望而死**”?“**起死回生却七零八落**”?都没错,但是太悲伤了,而且我不可能写这些。

上面要写“**伯尼·科瓦尔斯基,挚爱的姑妈**”。

有时她会来到我的梦里,她看起来总是不好。有时她穿着脏罩衣,有时她被手铐铐着。还有一次,她一丝不挂,浑身脏兮兮的,这意味着猫用爪子开路,从她上面经过了。但每次,有件事总是一样。

“有些人要什么有什么,而我一无所有,”她说,“为什么?为什么会这样?”

每次我都说我不知道。

我是真的不知道。

(陈楠楠　译)

浮颇的末日

男孩骑着自行车飞快地掠过那个中国佬的房子，那个矮胖子的房子，那个死后在里面腐烂了五天的矮胖子的房子。他想起那个中国佬曾经管他叫“下三烂”，因为他把螺母拴在绳子上打了他家那小妞的猫，那个矮胖子还把警察叫了去。死者房子里那小妞还曾问科迪他长到现在有没有刷过牙。一旦有天他完成了他那特殊的小型化射线的发明，他就会缩小他们的房子，把他们冲进马桶，同时他们仨会用微弱的声音请求他行行好，但他只会说，行行好？你们什么时候对我行过好了？他们会从抽水马桶里发出声音：嗯，是的，你说得对，我们很尖酸刻薄，把我们冲下去，这是我们应得的。但是，不，在最后一分钟，他会把他们拿出来放在饭盒里，这样他就可以把他们送去执行秘密任务，比如把可怕的“鼻屎暗杀”放进莱斯特·芬恩的热水瓶里——假如莱斯特·芬恩在公民学课上再问他一次为什么他的屁股闻起来像上面粘了屎的热乎乎的棉花。

那是一个美丽的阳光明媚的日子,运动场的有氧运动课已经结束,汽车从停车场里不断涌出。阳光照在车顶,发出耀眼的光芒,他在人行道上骑着车,与路边经过的汽车赛跑。

这里柳树低垂,经过时必须低头闪避;这里有块翘起来的人行道方砖,猛刹车闸时,刚好可以把它当作斜坡停车,他就是那样做的。人群躁动起来,柳树上方展位的讲解员摇摇头,说:哇,他那样一跳,就像过了今天没有明天一样,而其他参赛者却像一群哭泣的小婴儿一样为此烦恼不已!

达尔梅尔一家在家吗?

他们家的灰色汽车还在车道上停放着。

他需要再骑一圈。

昨天他拿起一副鲜红色的守门员护具,达尔梅尔家三个孩子都冲他尖叫:“不是那个护具,科迪傻瓜,我们从来不在车道上使用那些护具,因为它们会磨损,你这死脑筋的,那些护具是在冰上用的,你是生来就是死脑筋屎脑壳,还是上了死脑筋屎脑壳课?课上他们是不是教了你怎样毁大家的东西?”

是的,他长这么大是毁了达尔梅尔的几件东西,他的确往一个崭新的好排球里钉了一枚铁路道钉,他的确用钉子偷偷刮花了一块滑雪板,他确实用铁铲在达尔梅尔的狗鲁迪的腿上划了一道口子,但那是一个意外——他把铲子扔向玫瑰丛,而愚蠢的鲁迪就在它的前面走着。

达尔梅尔家的孩子们一把抢走了守门员护具,跑到车道上庆祝胜利,打着鼻哨。他试图大笑,证明自己是输得起,他真心实意地打着鼻哨。他们完全是做戏,赞恩·达尔梅尔说,为什么他不把他标志性的鼻哨带上百老汇,这样成千上万的人就可以笑得屁滚尿流了?埃里克·达尔梅尔说:"嘿,要是他有五十个不同大小的鼻孔,每个鼻孔发出不同的声音,他就能吹曲子了。"在百老汇用五十个不同大小的鼻孔唱曲儿的想法让他们乐不可支,于是他们跌坐在车道上,扭着达尔梅尔家白痴般的手脚捶胸顿足,甚至连达尔梅尔家的小婴儿瑾尼也跟着哈哈哈笑了起来——太好笑了,他笑着来回走了有三四圈,几乎要用他那双杂牌运动鞋踢他们的脑壳——这又是一个令人困惑的难题,为什么达尔梅尔家每个人,甚至小瑾尼,都有鞋跟带闪灯的耐克,他却只有艾罗伊思?

现在从运动场出来的车越来越少了。那些经过的车也跑得更快了,他也不再和它们赛跑了。

好吧,这是报复,美妙的报复——他把从木材店偷来的锭剂卡在达尔梅尔家的水管里,下次他们打开水管时,水管爆了。所有达尔梅尔家的人,甚至连达尔梅尔老爹都穿着漂亮的棕色裤子站在那里,像新星上的那些家伙一样困惑。达尔梅尔一家太笨了，他们会断定这是一个奇迹，会打电话给科学实验室的一些人来证实这个奇迹，其中一个实验室的人会把木头锭剂抛向空中，对达尔梅尔老爹说，你知道吗？有个非常聪明的爱因斯坦住在你家附近，我建议你将来把这根软管锁起来，因为很可能无法阻止这个人。科迪会给实验室的人使个眼色。稍后，他们进入实验室车间时，实验室的人会说，喂，和我们一起去上面的实验间吧，用想出锭剂这个点子的科学头脑帮助我们发明一些神奇的化合物吧，因为，坦白讲，当我们实验室的人像你这么大的时候，根本想不出锭剂这个点子，我们那会还只是在玩小孩玩具，在做幼稚的数学题，但是你，你真的是对科学特别有天赋的人。

达尔梅尔一家和学校小组一起去实验室参观的时候，他们会带着神气十足的潜水大手表走向他，说，哎呀，老天，他们几乎错过了船，也就是说错过了他，对不起，非常过意不去，这个烧杯是干什么用的？这个燃烧炉是怎么工作的？这是真的吗？他真的从零开始建造了整个霸王龙，并且征服宇宙雷电的神奇力量来给它通电吗？在地下室里，霸王龙会抬起它丑陋的脑袋，想要享用达尔梅尔家人这道点心，但是他凭借特殊的编码系统，能在一根导热管上以不同敲击次数打出不同的字母来告诉霸王龙，不不不，不要吃任何一个达尔梅尔家的成员，可是，为什么不把埃里克·达尔梅尔举起来玩,放在你巨大的绿色鼻子尖上,给他来个教训呢? 告诉他,如果科迪在导热管上敲击“杀”“杀”“杀”,那下颚会有什么样的毁灭性力量。

现在,他疯狂地蹬着车,进入了三个相连的蒙特维斯塔,陌生且危险,每个里面的拉丁佬老窝里都住着一个黑皮肤的南欧人。有时,令人毛骨悚然的树林里会有大猩猩出没,他在自行车后座上对着大猩猩一顿扫射。但今天不是时候,因为今天他要忙着复仇,没有时间去想那些猴子。然后他就骑车离开了,来到光亮处,一路去往一个更快活的区域。大象似的布宜诺斯佛德非常实诚地坐落在那里,睁着大眼睛——那是它们的二楼窗户——在脑海里他经过它们,向两头大象问好,**你们好**! 大象也用亲切的声音对他说,你好! 科迪。**你好**! **科迪**。

整个街区的形状有点像南美洲,他急转弯的地方就好比是合恩角。穿过田野望过去,他看到了他黄色的小房子,那既不是蒙特维斯塔,也不是布宜诺斯佛德,但是他的住宅区建造的时间比它们要早,闻起来有股猫尿和汉堡包的血腥味。妈妈的男朋友达里尔,那个混球,最近把它命名为“**浮颇**的房子”,“**浮颇**”是达里尔用来形容科迪做的各种坏事或蠢事的词。有时妈妈和达里尔试图假装“**浮颇**”是一个爱意有加的词，他们在说的时候会拨乱他的头发，但是其他时候会戳他一下或捏他一下。还有一些时候，他们以为他听不见，两人恶毒刻薄地低声私语：*浮颇正在进攻*。他会去自己的房间，在房间的壁橱里打鼻哨，随后妈妈和达里尔他们会进来，按照他们听到的鼻哨声数罚钱，每次罚二十五美分，而他们的计数往往比他实际出声的次数要多得多。

有时候，晚上，妈妈会来到他的房间里，抚摸婴儿般抚摸着他宽大的脑袋，说鼻哨声的罚款他不必全付，但是其他时候，妈妈说，如果他不停下来，减掉几磅，他在初中可怎么约会，因为谁想和一个胖乎乎的、打鼻哨的人约会？然后他就忍不住了，想到初中，他就紧张起来，他发出鼻哨声，妈妈说："非常有趣，但我希望你是在逗自己开心，因为你一点也不让我开心。"

达尔梅尔的房子现在进入了视野。

达尔梅尔的车已经开走了。

是**动手的时候**了。

他将要给达尔梅尔软管来上漂亮的一击，这将带来**浮颇**的末日。所有人，包括妈妈，都不得不在他面前弯腰鞠躬，说，哇塞，哇塞，我们以前那样称呼你难道是正确的吗？一个**浮颇**怎么可能策划、执行这样一个大胆果断的计划？

人群振奋欢呼，尖叫着喊出他的名字，他又一次经过中国佬的房子,这是他必须转向的车道,以便穿过街道前往达尔梅尔家。但是糟糕!他骑得太快了,错过了它。当他突然果断地决定转个弯穿过这个矮胖子家新铺的草坪时,柳树上方展位的讲解员因此笑个不停。他的自行车划过草皮,留下一道车辙印,然后冲向路边,发出嗡的一声。白色的汽车撞上了他,于是男孩和自行车一起高高地在空中画了一道戏剧性的弧线,飞到了街道对面,以强大的冲击力撞向对面的橡树。自行车卡在了树上,而男孩被弹回街上。

啊啊啊,达里尔会发火的,他会说,科迪,你这个小混蛋,为什么弄得浑身是血,像一只动弹不了的猪一样?他的艾罗伊思肯定有问题。他们在佩雷斯折扣鞋店买下艾罗伊思时,妈妈说,如果你再扭来扭去一次,我就把你脸朝下摁在地毯上,用手拍你的大屁股。达里尔会说,我给你买了辆好自行车,可你瞅瞅你都干了啥好事,好好的一辆车被你弄毁了。妈妈会拿出一条洗碗巾,开始擦洗血迹;达里尔会说,别毁了那条洗碗巾,自作孽不可活,我会在院子里拿水管冲冲他,让他打点冷战又不会死人,他做错了事就让他自己负责吧。或者妈妈可能会大发雷霆,就像他在校园剧中滑倒的那晚,菲利普斯女士说,科迪,告诉你妈妈你在校园剧中是如何滑倒的,礼堂里的每个人都看着你,不是只有朱莉娅一人,而且当时她正在说她最重要的那部分台词。

妈妈说:“科迪你聋了吗?”

菲利普斯女士说:“他滑倒是因为我告诉他不要靠近那个拖布拖过的地方,可他听了吗？不,他没有,他故意从这走过去,然后滑倒了。”

“他在家也会做这种事。”妈妈说,“有时候我觉得他哪根筋搭错了。”

“好啦,”菲利普斯女士说,“科迪,你今天汲取了一个宝贵的教训,那就是如果有人告诉你不要做什么,就不要做,因为也许有人吃的盐比你读的书还要多。”

达里尔说,或许是他喜欢在所有的朋友面前一屁股摔倒。

现在一个光着膀子、满头白发的火柴人正俯身看着他。老人瘦得皮包骨头,在他的身上上上下下摸来摸去,像是在检查他是否穿着防弹背心似的,同时非常紧张地用嘴巴吸气呼气,脖子里挂着的一个银色的十字架垂了下来,落在他乳头的位置,乳头四周白色毛发丛生。

“哦,天啊!”火柴人说,“说句话呀,伙计,你能说话吗?”

他试着说话,但什么也说不出来,试着移动,但怎么也动不了。

哦,上帝,火柴人说,不要这样,伙计,请你说说话吧,现在和我待在一起,我们能挺过去的。

多么奇怪的牙齿,多么枯瘦的人。老人的手就像电影里河水上涨时人群避难镜头中慌张的老妇人的手一样,抖来抖去。多么**狂热的教徒**。真是个**浮颇**。一个**狂热教徒浮颇**火柴人,乳头多毛,呼出的口气还带着一股咖啡味。

“听着,上帝爱你。”火柴人说,“你要走了,好吧,我知道你要走了,但是听着,在知道你很美丽且被人爱着之前,先不要走。好吗?听到了吗?你很棒,你知道吗?上帝爱你。上帝爱你。祂把祂的儿子送来替你受难而死。”

哦,该死的**浮颇**,他为什么不能闭嘴?如果火柴人认为科迪很好,他一定是**浮颇**,因为科迪他不怎么好,他是**浮颇**,妈妈是这么说的,达里尔也是这么说的,甚至当他想要讲述看到了流星的事情,科学课主任先生也叫他不要再撒谎了。柳树上方展位的讲解员开始哭泣,他坐在妈妈的腿上,说他很抱歉做了这样一个**浮颇**儿子,妈妈说,哦,谢谢你,谢谢你科迪,你终于承认了这一点,这很好。她的微笑是如此甜美,他闭上眼睛,感觉到某种要摆脱一切的冲动,哦,跟着基督起舞。

“你很美,很美。”在男孩停止抽搐很久之后,火柴人不停地说,“上帝爱你,在祂的眼里你很美。”

(陈楠楠　译)

理发师的烦心事

1

早晨，理发师把发型设计师留在室内，自己坐在理发店门前，喝着咖啡，向每个路过的女人抛媚眼。他色眯眯地看着老妪、孕妇，还有过往的公交车车身上的女人头像。而今天早上，他看着的是一个留着黑色短发、脸颊上泪痕斑斑的女人。如果她能稍微花点心思，稍微捯饬捯饬自己的脸，花点钱买一些体面的衣服，可能只需添置一些白色紧身衣和一条短裙、一双过膝靴、一顶牛仔帽和一条小雪茄，就会使她的形象提升一半。比如说，他想象着在一间小泥屋里，她跪在一个皮质粗糙的墨西哥沙发上，挑逗他。很快他们就翻滚着进了一块豆田里，一些高乔人在一旁弹奏着轻柔的吉他曲。尽管实际上他最好把高乔人安排在一些树或石墙后面，这样高乔人就不会兴奋起来，不再有耐心看着他们云雨，而是扑向他，刺向他，然后自顾自和海辛达小姐寻欢作乐，而留他在一旁流血身亡。

从头再想一遍吧,完全忘了那些高乔人,只用小屋的立体声音响播放一些轻柔的吉他曲,敞着房门,但实际上在墨西哥小屋里怎么会有立体声音响呢?那里会有电源插座吗?另外,他怎么会遇见她?他可以恭维她的头发,然后约她出去喝杯咖啡。他可以说,作为一名从事理发护发工作的专业人员,他对护发略知一二。天哪,她有过漂亮的头发吗?顺便问一下,她喜欢咖啡吗?可她们总是说不。最近他得到的全部答案都是"不喜欢""不喜欢""不喜欢"。另外,他根本无法进入豆田或泥屋。他们可以在他的院子里做这件事,但这就不一样了,因为,天呀,院子里基本上成了一个"便便博物馆",而且妈妈一听到性感的呻吟声就会打911。

此刻,那,那在女交警身上的胸,才是真正的好东西。虽然她的脸有点疲惫不堪。但是如果你能把那胸拍打在海辛达小姐身上,哇,那你就会禁不住感慨。只要有女交警的胸、一些体面的衣服、唇蜡和总是躲避他媚眼的图书管理员那超级性感的声音,就会是他心里完美的女人。哇,只要她一直保持积极的态度,天哪,他们就会幸福地一直在一起吗?但是再想一想,这可能是个问题。问题就是,她为什么要在公共场合哭呢?

海辛达小姐穿过树篱的缝隙,消失在圣公会教堂里。

她为什么会在工作日去教堂？也许她遇到了问题。也许她被人搞大了肚子。也许，如果他跟着她进了教堂，告诉她他掌握一点处理问题的方法，因为他生来没有脚趾，她就会和他一起喝咖啡。他厌倦了每天回家面对妈妈。最近他们看电视时，妈妈一直把头靠在他肩上，直到睡着。有时他担心有人会朝窗内看，想知道为什么他会娶这么一位老太太。此外，有时他也担心妈妈会突然醒来，发现他正在看电视，看慢镜头下穿着银色比基尼的黑人女孩骑着她的马跨越潮水坑——请拨打1－900转“梦中情人”。

他想知道海辛达小姐穿银色比基尼在慢镜头下会是什么样子。尽管，如果她怀孕了，她就不应该骑马。她应该坐下来，休息休息。应该有人给她带杯茶来。她应该搬来，和他，还有他妈妈住在一起。他不会哪壶不开提哪壶，不会说她怀孕了。他会喜欢的。他会和她成为好朋友，甚至不会试图和她上床，很快她就会开始想为什么不，并开始真正渴望能得到他。他会做她的分娩教练，在凌晨愉快地换尿布。最后，当她产后瘦身成功之后，她会来到他的床上，感激他，让他神魂颠倒，然后他会在窗边抽根烟，陷入冥想，决定娶她。想象着自己单膝跪下求婚的时候，海辛达小姐会怎样哭泣，自己的眼眶也跟着几乎要湿润了。那个让她怀孕的傻瓜，给他一百万年，他都不会想到这些。那个笨蛋,那个狗娘养的可以随心所欲地开车经过,深深后悔自己太过愚蠢,因为婴儿在院子里嬉戏。可是太晚了,他们已经是一家人了,没有什么能够拆散他们。

但是他必须记得在冥想吸烟时要在门下塞条毛巾,否则妈妈会生气。因为他吸烟后,妈妈总是抱怨哪哪闻起来都是烟味,并且迁怒于他,让他把房间里每件衣服都洗掉。如果他们没有结婚,他们最好亲密的时候别弄出声响,因为妈妈这个人老派。和她住在一起有点痛苦。但是海辛达小姐最好准备好忍受他妈妈,起码她老人家坚持服药期间,还算是个不错的伴。所以,如果她快八十岁了,穿着丝线乱跑的胸罩到处走怎么办?那可是她的房子。妈妈已经供他读完了理发学校,他最好永远不要听到海辛达小姐说妈妈的坏话,比方说问为什么妈妈耳朵里长着浓密的白色耳毛,那些话会刺痛妈妈。妈妈总是提示煤气工人在高中时她是个万人迷。如果经过一生的艰苦工作,自己变得满脸皱纹并且健忘,突然某个打扮成墨西哥牛仔女郎的荡妇搬进来开始抱怨她的耳毛,海辛达小姐又会做何感想?海辛达小姐以为她是谁,希巴女王吗?她可以在该死的圣公会教堂分娩,尽管他很在乎,但比起让妈妈受伤,他宁愿选择在储藏室的小挤奶凳上手淫一辈子,这就是结局。

当海辛达小姐从教堂出来时,她看到一个大粗腰、鹰钩鼻的中年男人愤怒地从木凳上站起来,跺着脚走进“米奇发廊”,砰的一声关上了门。

2

第二天早上,妈妈想吃煎蛋卷。他说他要迟到时,妈妈说不要紧,语气却很明显,听起来一旦她去做煎蛋卷,就会一不小心或者故意再次烧伤自己。所以他做了煎蛋卷。当他问妈妈煎蛋卷做得是否好吃时,妈妈说很好,这也就意味着并不好,他不得不另做煎饼。所以他就做了煎饼。之后,他亲吻了一下她的脸颊,嗖的一下出了门,离应该去驾校的时间已经晚了很多很多。

多年来,驾校一直都在卡特执政时期的一个新潮的办公楼停车场里,现在那里俨然已是一座白色扁平的巨型水泥碉堡,镶着有色玻璃,一旁的移动指示牌上写着:驾校。里面有一张会议桌,桌子占据了房间的大部分空间,闻起来像是阳光曝晒过的味道,桌上还洒了一些浓浓的咖啡。

“迟到者会挨打。”驾校教练说。

“对不起。”理发师说。

“开玩笑!”教练说着,把一叠乱七八糟的讲义塞给理发师,他在使劲想要把夹子拿下来。“我刚才说的是,我们的目的是我们要从驾驶的角度来观察事物和方位。也就是说安全第一,就是说只有在真空中才能超速行驶。超速和行人、死亡或一个出去兜风的家庭有什么关系呢?那么问题来了,超速行驶,没有把那个家庭的安全或命运牢牢记在你的脑海里,接下来会发生什么?谁知道呢?”

“车祸?”有人说。

“人亡?”另一个人说。

“车祸或人亡都有可能,”教练说,“两者都有可能发生。因为作为心肺复苏医师,作为护理人员,我见过很多次,如果你觉得这很恶心或者受不了,我很抱歉,我曾经不得不坐在急救车里,旁边是一只被轧断的胳膊或腿。甚至是一个小孩子的,一只非常小的胳膊或甚至是一条小腿,我只是抽泣,好像自己没有经过彻底的训练,因为我知道你们都没有,但是我有,为什么我还要抱着那只小胳膊或小腿大哭呢?就是因为像你们这样的人,好人,我知道你们是,我不是说这个,但是你们做了一个什么决定?你们做了什么样的决定?或者就说他们吧。说说刚才我说的那天轧断了那个孩子手臂的人,他做了什么样的决定呢?”

没人知道。

“他们选择了加速,也就是你们现在所做的事。”教练伤心地说着,同情那个失去胳膊的孩子,还有在车祸那天若不是决定加速还算得上好人的那些人,他们现在坐在他面前,生活被毁了。

“我没打任何人,”一个身穿印有“麻烦”的T恤的女孩说,“警察刚刚拦住了我。”

“但我说的是可能性方面,好吧?”教练和蔼地说,“我在说,如果你们今天从这里离开,无论是男学员还是女学员,我将要展示给你的视觉和图形材料如果还不能改变你们的思维模式,会发生什么样的事情?这些材料里面有些是车祸,有些是我亲自包扎伤口的情形,有些是我们从网上下载的伤势图,这样你就有机会看到全国范围内发生的受伤情况了,对不对?我为什么要这么做?因为后果。我们到底是共同生活在这个地球上,还是在生活在一个孤岛上?”

“哦。”“麻烦”女孩说,现在看起来她被说服了。

彩色窗户外面有一片小树林、一条小溪、一家保险公司,还有一辆联邦快递公司的投递车,因管道挖掘而倾斜地停着。一共有六位学员。其中一个就是理发师。还有一个是拿着公文包的乡下男孩,费心地记着笔记,眉头紧锁着在问问题,就好像超速行驶被逮了个正着,现在正考虑如何应对执法机关的问题。雷达是通过声波来侦测吗?在用眩晕枪击昏某人之前,他们有多目中无人?乡下男孩旁边是“麻烦”女孩。坐在“麻烦”女孩旁边的是一个非常快乐的平头男性,年纪较长,穿着牛仔衬衫,打着波洛领带。每件事都能令他发笑,他似乎认为在这样特殊的一天,和这群特别优秀的人在驾校是一种莫大的荣幸。课程结束时,他提议每个月在他家举行一次烧烤派对,这样他们就不会失去联系。快乐平头男对面的桌子上有一个白发苍苍的女人,和酒吧老板差不多的年纪,她不停地狡猾地谈及理发师从未听说过的电影和书籍,一边翻着眼睛看着老师说话,一边在她的记事本上写着“**救命**!”以及“**帮我摆脱这一切**!”还把记事本推到桌子对面让快乐平头男阅读,这似乎让他不舒服。

白发女人旁边是一个漂亮的女孩。一个非常漂亮的女孩。哇!她是理发师见过的最漂亮的女孩之一。漂亮极了。她的头发卷曲,齐腰长,眼睛大大的,像埃及人,她的真诚和智慧让他很难移开视线。她人坐在会议桌边上,头却望向别处,一只手放在她面前的一缕阳光中,阳光照射在她非常漂亮的绿松石戒指上。这似乎证实了她是一个外来的、皮肤微黑并且接受过东正教教育的人,是一个你可以很容易联想到会在尼罗河上的一艘驳船上云雨一番的人,比方说,周围有数千根闻起来有怪味的蜡烛。或者会联想起她可能是美国印第安人,在他带着一长串猎捕的兔子回家时,他看到她站在帐篷的门口,脸上带着同样真诚和智慧的表情。在公开杀死一只可爱的白兔,证明他是活在森林里的人后,她要求部落接纳了他,或者实际上他们让他跳过兔子的部分,因为他对他们坦诚地讲述了白人的狡猾,先让他们做出承诺保证不杀害任何妇女或儿童后,给了他们关于一个重要的边境贸易站的秘密信息。他想象着她在引人入胜的平顶的山附近的夕阳下,搓着两根玉米棒子,一个印第安武士对她说,你可真幸运,能遇上理发师,因为理发师是一个强大的拥有法术之人,拥有神奇的药物。她默默地笑着,搓着玉米棒子,速度似乎还快了一些,脑海里浮想起理发师在帐篷里一丝不挂的样子。然而再仔细观察,她看起来实际上可能更像是意大利人。

女孩抬起头,发现他正盯着她看。于是他垂下眼睛,开始翻阅课程材料。

在播放了几张严重伤势的幻灯片后,教练问道,有没有人知道一个人在撞上桥墩或奶牛后,以 80 英里每小时的速度冲向挡风玻璃时,重力加速度能达到多少吗?没人知道。教练说加速度相当大。快乐平头男说他也感觉相当大,那就是为什么那个人死了，对吧？教练说，要么是碎尸万段，要么是粉身碎骨。

“我猜就是那样。”快乐平头男咧着嘴笑着说。

“那么我要给大家说的是什么呢？”教练说着，然后用教鞭指着画面上开着车还欢快地打电话却最终撞向石头的卡通男的头顶，“比方说我们感觉好，非常好，或者不好，也就是说相反，再比如说我们刚刚经历了死亡、升职，生了孩子，或者和我们的妻子或爱人吵了一架，但我最终想说的是，难道我们不是在经历一个情绪的巅峰时期？因为不管是开心，还是吵架，悲伤还是愉快，不管怎样，那时我们可能会忘记，那两吨重的车是什么，是你所待的地方，是你在驾驶的东西。我希望你不要超速或者怎样，尽管这是个模拟的例子，但恐怕我们不得不假设你就是那样，那么就会发生下一张图片上的事情。”

现在我们看这张图，卡通人物的碎尸在空中横飞，他的车载电话正乘着小天使的翅膀飞向天堂。理发师再一次看向那个漂亮的女孩。她对他微笑。他的心里开始小鹿乱撞。还没有发生过这种情况。她们从来没有回笑过。好吧，她还年轻。也许她不知道除了报以微笑，又该如何对付一个不招人喜欢的老男人。或者没准她喜欢他。这也是可能的。也许她曾经和年轻好色的家伙在一起，就是为了在干草里快速地滚上几滚。也许她想要一个有点年纪的人,能真正欣赏她,但那个人不会来得太快。他要拥有自己的事业,并且知道如何整理自己。他希望她是一个非常严格遵守教规的处女,从来没有在干草中打过滚,但并不是说他希望她性冷淡。他希望她是那种严格遵守教规的处女,一旦结婚,却又毫不掩饰自己的感情。收起感情时,穿着保守,静若处子,这样就没有人会怀疑她在宣泄感情时有多么毫无保留。而且,由于她出生于一个贫穷的家庭,所以能够真正欣赏经营一门小生意所投入的艰苦劳动。说不定她甚至有一些会计从业经验,并能帮忙记记账。尽管说实话,即使她在干草堆里打过滚,也不能把一堆麻烦的数字加起来,他也不在乎,她那么漂亮,他们会算出来的——当然,假设她会接受他。他开始沮丧起来,想起了自己缺失的脚指头。他记得那天和玛丽·艾伦·科夫斯基在湖边,已经是一百年前的事情了,他穿着整齐坐在沙滩椅上,一边说着"天真冷"。一群玛丽·艾伦的朋友聚集在一起帮她给他脱衣服,把他扔进湖里去。绝望之中他附耳告诉她他的脚趾的事情,她的脸变得煞白了,她叫走了她的朋友。两个月后,她嫁给了菲尔·安普斯托,那个像电线杆一样的白痴。哦,他已经厌倦了藏脚趾。他想对他们开诚布公。尽管他们那样表现,他还是想被人爱着。或许这个女孩有超越年龄的智慧。或许她的父亲也有一处残疾,有个玻璃假眼或面部有道疤痕,也许多年来她一直爱着这个慈眉善目却有点残疾的男人,渐渐地,她要求她所爱的那个男人要多少有点小残疾。并不是说他喜欢她跟着一群残疾的男人跑着玩这个想法,也不是说他认为自己有残疾——尽管无可否认,十个几乎看不见的亮粉色断趾也不怎么会让人感觉愉快。他想象着她赤身躺在壁炉前,习惯了他的脚长成那个样子,甚至给每个都取了一个昵称。也许有时,在亲密的时候,她会有点忘乎所以,试着亲吻或者舔他的脚趾,尽管他当然没想到会这样。事实上他觉得这有点恶心,有那么一瞬间,他觉得自己对她没什么好感,然后他想象着自己轻轻地把她从他的脚上拉开,看到她脸上略带羞愧的表情,这让他完全原谅了她是出于对他深深的爱而几乎要做恶心的事情。

教练举起一个血迹斑斑的小娃娃,然后扔进房间另一头汽车后备厢里。

"你瞧,"他说,"那个后备厢就代表一个墓穴或坟墓。超速驾驶,就是你的错,你现在感觉如何?"

"糟糕。""麻烦"女孩说。

那位漂亮的女孩把出勤记录递给了理发师,必须要在出勤记录上签字才能获得课程学分以及相关的定罪豁免或学分减免。

他们坦诚地对视，感觉好像看了很长时间。

“自作多情！”教练明确地说，“我想我没有必要把你碾成灰，所以现在是休息时间，你不要把我看作萨德侯爵之类的人或苛刻的工头，要求你们来看恶心的图片，直到看到脑浆迸流。”

理发师深吸了一口气。他想和她说话，也许给她买瓶苏打水。那个女孩站了起来。理发师大吃一惊。她的脸是标准的克利奥帕特拉脸，可爱、富有异国情调，聪明纤瘦，但是她的身体看起来比她的头大一倍。她是个高大的女孩，手臂又圆又粗。她的忸怩是一个大块头女孩的忸怩。她耸起肩膀，拉着工作服。他对她误导自己感到有点恼火，对自己色眯眯地看着这样一个胖子感到有点恼火。然而，她不是个胖子，确切地说，她的身体很好，看起来足够结实，只是相对于她的头来说，身体显得太大了。如果你能以某种方式缩小身体，使其与头部成比例，或者放大头部，缩小整体，那么你就会有一个能真正对得起那张美丽的脸的身体了。即使是现在，就算是收拾着那堆讲义，他也为失去那张骄人的脸感到遗憾。

“嗨。”她说。

“你好。”他说，然后走出去坐在车里，看见她拿着两杯可乐走出来。他假装自己在清洗烟灰缸，直到她离开。

3

当月晚些时候，在希尔顿酒店的婚宴上，理发师僵硬地坐在那，旁边紧挨着一家模仿日本风格建造的茶室。此时，某个通身穿着木偶新郎装的傻瓜，佩戴着高顶帽，穿着燕尾服，有一个巨大的黄色毛毡头和三指的黄色毛毡手，用臀部朝理发师的方向做着粗俗的插入动作，好像在说：你喜欢这样做吗？你之前这样做过吗？你能告诉我怎么做吗？因为很快我就要和那边那个正在调情的玩偶装扮的新娘一起做这件事了——嘿！——她正在和那个贝斯手调情！玩偶装新郎冲过舞池，开始在想给他戴绿帽子的贝斯手周围追逐打闹，拳打脚踢。当玩偶装新郎拖着玩偶装新娘穿过舞池，把她介绍给理发师时，每个人都笑着给理发师莫名其妙地竖起了大拇指。她看起来很喜欢他，坐在他的腿上，把他的头压在她黄色毛毡上衣的衣缝里，衣缝上面沾着酒，领口处有支燃着的香烟。她做了许多手势，吩咐理发师朝她的裙子下面看看。他克服了尴尬往下面看了看，最终找到了一个包装精美的盒子。盒子打开时，露出了一个包装精美的圆筒；圆筒打开时，舞池里弹出了一面横幅，横幅上写着："阿尼和伊芙琳，妈妈和爸爸祝你们好运。"玩偶装新婚夫妇冲过房间，向阿尼和伊芙琳鞠躬。阿尼和伊芙琳坐在音乐台上,闷闷不乐,显得焦虑不安。

“米奇!”埃德加叔叔对理发师喊道,“米奇,你怎么没有给玩偶好好捧个场?如果她就是个玩偶戏子呢?你什么也没得手!你要不要这么挑剔?想想看,想想看!你比阿尼都大一倍!”

“埃德加,看在上帝的分上,你不要把他弄得这么难堪了!”琼姨妈喊道,“就像你在说他老了!就像你说他是个‘老姑娘’,只不过他是个男人!明白我的意思吗?你觉得那样好吗?”

“我觉得好啊!”埃德加叔叔喊道,“我就要那么说!他是个该死的老妇人!我无意冒犯,我只是说,让他出去,去体验体验生活!我爱他,所以才这么说!太阳都要下山了!去和一些年轻的女孩谈情说爱吧,如果你喜欢,如果你喜欢她和你谈情说爱的方式,管它呢,就在那个地方落地生根吧!你在乎什么?爱情这东西,你能学会,但你必须得从某个地方开始!我是说,上帝啊,就算这里的某些人也想从爱情里得到些什么。”

埃德加叔叔向四个青春期男孩扔了一个圆面包,理发师依稀记得曾经这四个孩子躺在一辆红色婴儿车里,被推来推去。男孩们向埃德加叔叔竖起中指,并确定他们不仅想得到一些东西,实际上也得到了一些,而且不总是从同一个小丫头那里得手,有时一天还不止一次,有时就在足球训练结束后——很可能在不久的将来,很可能从一个非常火辣的工艺课老师那里得手——他们有理由相信,如果他们以正确的方式接近,很可能她会马上让他们所有的人都得手。

“天哪!”埃德加叔叔喊道,“让我去那所学校!”

“埃德加,你这头猪,想明白点!”琼姨妈喊道,“米奇还没结婚,但并不意味着他没有尝过爱情的滋味!他可能从一个女朋友那里得到一些,或者几个女朋友,和他同龄的女朋友,她们已经知道游戏的规则,她们的孩子都已经长大成人了!你不知道晚上他的床上发生了什么事情!”

“至少我不认为他是同性恋!”埃德加叔叔冲着青春期的少年们喊道。理发师现在已经想起了几年前的一天晚上,是他用红色婴儿车推着他们,然后把睡意十足的几个孩子放进一个小车里。

“如果他是,我们也不在乎,”其中一个青年小伙说,“那是他的事。”

“我们在学校学过,”另一个说,“**你做什么事情是由你自己决定的**。我们还开过小型会议。”

现在玩偶新郎正要脱下今天真正的新娘的吊带袜,还有一些穿着小礼服的男孩正沿着金鱼池的池边走。金鱼池将婚礼区和“冲绳记忆”区分开，几个穿着和服却明显并不是日本女人的人在那里兜售饮料。每当有人点双份的时候，都会响起巨大的锣声，这时一个穿得像相扑手一样的酒保用一根金属线放出一只塑料麻雀，让其从房间里穿过。穿着小礼服的小男孩们开始窥探把金鱼控制在小瀑布里的那道屏障，看看金鱼是否会在售货区附近的浅池塘里死掉。

“比方说，那些虐待金鱼的孩子，”埃德加叔叔喊道，“你知道那些孩子都是谁吗？他们是布兰登的孩子。你知道布兰登是谁吗？他是迪克的孩子。你记得迪克是谁吗？是和你同龄的二表哥，伙计！还记得我带你们去看球赛，他在我的‘漫步者’上吐了吗？所以这些孩子是迪克的孙子，而迪克和你同龄，这意味着你的年龄已经大到可以当爷爷了！爷爷！但你连爸爸都还没当上，我真不知道你对这件事怎么想，但我觉得有点儿伤心，有点儿奇怪！”

“你伤心你的，但也许他并不伤心！”琼姨妈喊道，“为什么你认为你怎么想，别人就得怎么想？另外，迪克不是圣人，那些孩子也不是！迪克是个少年爸爸，布兰登也是个少年爸爸，那些在窗台上的孩子，在他们弄死那些可怜的金鱼之后，可能也会成为少年爸爸！”

“你说得对!”埃德加叔叔喊道,“嘿,我又不爱迪克!你想在婚礼上为了迪克和我吵架吗?为了那个吐在我的车里,然后又把一堆垃圾扔到我头上的迪克?我想说的是,米奇做少年爸爸也并不会带来什么危险,他最好考虑一下我说的话,在他的‘枪手’不可行之前最好快马加鞭!”

“我简直不敢相信你开始在婚礼上谈论那个可怜孩子的‘枪手’了!”琼姨妈喊道,“你喝醉了!”

“谁喝醉了?”埃德加叔叔嚷嚷着,一桌子人大笑不止。其中一个青少年假装喝醉,倒在椅子上,引发了一场欢笑;其他青少年也跟着假装喝醉了,倒在椅子上。

理发师找了个借口起身告退,快步走出婚礼区。沿途经过三个穿着白色低胸礼服的漂亮女孩,她们站在悬垂的日本樱桃树的阴影下——如果树枝蔓延到室外,如果是在白天,一看便知道树是假的。

浴室里,东方主题消退了,一切都是闪亮的铬合金。理发师一边撒尿,一边在精神上替自己向埃德加叔叔辩护。首先,他有很多女人。五个。五个还不错。五个人,比大多数男人都多,当然也比埃德加叔叔多,他高中刚毕业就和琼阿姨结婚了,琼阿姨的下唇像鱼唇。埃德加叔叔会让他娶什么人?萨拉·德尔比安科,那红彤彤的小脸蛋?艾伦·威斯特,那只高脚杯？安·德曼，被他弄伤了背，还把他称作“坏螺杆”的人？为什么作为一个成功的小生意人，还有人期望他会接受这样一个人的建议？这个人一生中最美好的时光就是将部分法兰从一条传送带转移到另一条传送带上，同时给它们喷上保护性溶剂喷雾的时候。埃德加叔叔可能一跃而起，那个酒鬼，他为什么不管好自己的事，给自己喷上一层保护性溶剂喷雾，留这世界上雄心勃勃的生意人独自一人？这个酒鬼！

理发师打湿梳子，就像他从高中开始就打湿梳子一样，准备把头发梳得油光水滑。一个满脸大汗的大个子走进来，重重地拍了一下理发师的后背，好像他们是老朋友一样。镜子里出现的是一个蓝色加紫色加粉色的枯瘦面具，理发师知道那是他的脸，但又不太确信那就是他的脸，因为在过去，他的脸总算还能看得过去。过去，当他得意地微笑时，他的脸总是可以说约等于五官的总和，还是张脸。但是现在，当他得意地微笑时，他看起来就像一具尸体，想要努力显得高兴一点的尸体。他的眼睛向外凸起，嘴唇很薄，额前的皱纹深得像泥中的小柴火棍。一定是灯光的原因。他又丑又老。怎么会发生这样的事？现在谁会想要他？

“你看起来糟透了。”大个子从一个隔间里吼道，理发师还没有把头发梳得油光水滑，就从镜子前逃走了。

当他快步经过那群漂亮女孩时，一个穿着兄弟会运动衫的男孩走了过来。看到理发师之后，他从喉咙里发出一声声滑稽的老年咳嗽声，其中一个女孩咯咯笑着调整着她的肩带，好像是为了不让理发师看到她裙子里面的衣服。

4

婚礼前几周，理发师收到了一张贺卡，上面印着牛仔正在给牛套牛套的图片。理发师的名字被潦草地写在卡片上牛的躯干上，“**我**”（詹克斯先生）写在牛仔的身上。

卡片上写着：希望阁下能记得我，我们曾在一个驾校学车。请拨冗光临敝舍参加小型烧烤会。唯愿与我相知甚欢的老友重拾旧好，自丧妻之后，深感朋友之可贵。恭请参加。无须备礼。如画面所言，把你套进来，不是为了给你打上烙印，而是为了向你展示我的热情好客，甚盼。你的朋友拉里·詹克斯。

詹克斯是谁？詹克斯是快乐的平头男吗？理发师把卡片扔进浴室垃圾桶，想象着驾校的怪人们闷闷不乐地坐在拖车式房屋的折叠座椅上。大概有一周左右，卡片就那样一直被丢在垃圾桶里，牛仔的那面朝上，似乎在责备他为什么把它丢掉。然后他把卡片从垃圾桶里捡出来。

婚礼后几天,他收到了詹克斯的第二张卡片,正面有一朵黑色的花。

卡片上写着:大家都玩得很开心。很遗憾你未能出席。我想即便是年轻的朋友也玩得很开心。很多朋友带回家不少苏打水,因为我现在是一个人,我这一辈子也喝不了这么多苏打水。这张卡片更让人悲哀,这就是为什么用黑花,是想要通知你埃尔多拉·朗森将要搬到西雅图。你可能记得她就是你右边的那个年纪较大的女人。她在公司里职位很高,而且又刚被提拔。对她而言,这是好事,但对我们来说就糟糕了,因为她是个特别好的女孩。请在下周二加入我们,来科里根酒吧喝告别酒,随附地图。你的朋友拉里·詹克斯。

下周二也就是明天。

"嗯,你不能去,"妈妈说,"姑娘们要来。"

姑娘们就是"圣坛和念珠会"的人。只要她们来,他不得不从头到脚地侍候,而她们却在谈论如果神父不是神父,她们会嫁给他们其中哪个人。她们当中一个人撩起衬衫展示她的新伤疤时,他不得不说这是有史以来最严重的伤疤。当其中一个人问她的眼睛看起来是否发红、有眼泪时,他不得不非常靠近她发红且泪汪汪的眼睛,并说没有。

"嗯,我觉得我可能要去。"他说。

“我刚才已经说了不行。”她说，“姑娘们来了。”

她想要让他内疚。她总是想让他内疚。有次她假装癫痫发作，当时他想要去底特律做发型秀。难怪他没有朋友。不是说他没有朋友，他有很多朋友。他的朋友有邮递员里克。每天，当邮递员里克来时，他都问理发师近来怎样，理发师都说近来很好。他还有一位朋友，老梅隆先生，来自理发店隔壁的梅隆制药公司，虽然有点聋，但只要他没有往红色小杯子里吐痰，他仍然是他的好朋友。

“妈，”他说，“我要去了。”

“大人物先生，”她说，“你竟然欺负一个老太太。”

“我没有欺负你，”他说，“再说了，你也不老。”

“哦，我很年轻，我还是个小婴儿。”她轻轻地敲着假牙说。

那天晚上，他梦见了那个漂亮的胖姑娘。在他的梦里，她整个人都变瘦了。她的身体看起来像莱尔·阿布纳卡通片中黛西·梅的身体一样。他一直觉得黛西·梅有些迷人。她穿着破破烂烂的牛仔裤走进店里，嘴里嚼着一片草叶，说她发现他的成就很了不起，尤其是鉴于他不得不克服种种困难，比如他的父亲英年早逝，他的母亲紧张多疑。然后她从嘴里拿出那片草叶，放在杂志桌上。在他脱衣服的时候，她把脚伸出了等候区，看着他的房间，说这是她见过的最大的房间，然后调整自己的背使自己看起来性感，再把他叫过来，在他的嘴上给了他一个深情的热吻，就像他一生中一直等待的那个吻，于是他突然惊醒了。

他坐在床上，想念着她，想念她对他的爱和理解。她知道他的一切，但仍然喜欢他。他想着想着，五脏六腑都痛了起来。

在少年时期的镜像里，他看到了自己收缩又扩展的胸肌，像过去练举重时那样，又看起来像一个在床上出恭的小老头。他赶紧跳起来，气喘吁吁地站在绿色的圆形地毯上。

妈妈在走廊里转来转去。因为这个梦，他吓得软趴趴的。为了掩饰自己的惊魂未定，他把腹股沟藏在门后，把头伸进大厅。

“刚才我在睡梦中到处走。”妈妈说，“我很担心，所以在睡梦中到处走。”

“你在担心什么?”他说。

“我担心女孩们什么时候来。”她说。

“好吧，别担心，”他说，“没事的。”

“非常感谢。”她说着走回了自己的房间，“那我就很安心了。”

好吧，一切会好的。如果她们没有咖啡，其中一位老太太可以煮咖啡。如果她们零食不够,可能会有点饿。如果真的发生了灾难性的事情,他们可以打电话到科里根那,他会把电话号码留给妈妈。

因为他决意要去。

第二天早上,他打电话给詹克斯,接受了邀请,而妈妈畏缩着,捂住肚子,拉了一把沉重的木椅,瘫倒在椅子上。

5

科里根酒吧打造的感觉就像苏格兰高尔夫球场边的一家酒吧一样,里面生着大火,有许多看起来古老的高尔夫球杆悬挂在巨大的硬塑料桌子上,为了使桌子显得疖疖疤疤的。还有像名叫希瑟和佐伊这样的穿着短裙的女服务员,将鸡翅、油炸奶酪和龙虾块扔进金属桶里,旁边是苏格兰圣安德鲁斯旧球场的航拍照片。

理发师来得很早。他喜欢早起。他觉得早到是有礼貌的,除非他迟到了,那时他就会觉得早到是不合时宜的。其他人到底在哪里,他们怎么这么不礼貌?他低头看着自己特殊的鞋子。它们又厚又笨又黑,边上有大的可拆卸金属撑条,走路时会发出吱吱声。要是有人说他的鞋子,就让他们见鬼去吧,他并不想生来就没有脚趾,而且这种特殊的鞋子和卡其裤搭配起来很好看。

“抱歉,我们迟到了!”詹克斯先生喊道,驾校学员们围着扭结的长桌纷纷落座。

那个漂亮的胖女孩把包斜挂在椅背上。她的头发看起来像他梦里见到的头发一样,眼睛看起来也像他梦里见到的眼睛一样,至于她的身体,他就记不清了,她穿着穆穆袍。但就面孔而言,她的确很漂亮。从面孔而言,她是这里最漂亮的女孩。是吗?如果外星人下来,强迫每个男人在做笔记的时候选择一个女人和他们一起在一个链条围栏里繁衍后代,他会仅仅根据脸蛋来选择她吗?这里还有个臀美脸丑的女人,有个卷发吸睛但长着酒糟鼻的女人,有个看起来像胆小鬼的“麻烦”女孩,有个满脸皱纹的白发女人,最后还有一个就是漂亮的胖女孩。她是最漂亮的吗,单说脸蛋?他认为她很可能是。

他在桌子对面深情地看着她,等着她发现自己正在这么做,这样他就能迅速转移视线,而且她就能知道他可能仍然对她感兴趣,然后她把菜单弄掉到地上,弯腰去捡,理发师就有机会瞥一眼她衣服里面有什么。

就胸部而言,她肯定还是有料的。从脸蛋上看,她也是房间里最漂亮的,而且她的胸部也不错。很撩人。问题就是,她会接受他吗?对她而言,他有点老了。是有点老了。如果他站得太快,他的膝关节会突然咯咯吱吱地乱响。最近他的牙龈也开始出血了。另外,他还没有脚指头。尽管如此,又何必要自轻自贱?他经营着自己的小生意。的确,他有一点色,他的头发有点少,但是他的肩膀和胸又很宽,所以就他整个人而言,即使他有点色,他也是属于力量型的,女孩们都喜欢。而且至少他的头和身体比例协调,这点她绝对无话可说——但是话说回来,他还和他妈妈住在一起。

谁是完美的?他并不完美,她也不完美,但是基于在驾校发生的事情,他们显然有某种特殊的化学反应。不管怎样,不管怎么说,他并没有求婚,他只是在考虑可能试着更多地了解她。

就这样,他决定约那个漂亮但胖的女孩出去。

该怎么约,这才是问题所在。如何向她发出邀请?他可以在和她独处的时候说她的头发看起来很好。虽然说看起来很好,但他可以用专业的手法用手指卷着头发,好像要寻找分叉。他可以说他很想有机会剪到这么好的头发,然后递给她一张“免费剪发一次、咖啡一杯”的优惠券。这可能行得通。这个法子在过去是奏效的。西尔维娅·雷诺兹就是这样被他约到手的,她是一个长着鱼尾纹而且笑声古怪的银行出纳员,但后来证明她是一个接吻高手。当她进来喝免费咖啡时,他声称咖啡喝完了,然后带她去可可豆男人烘烤屋。几天后,他们被欲望冲昏了头脑。不幸的是,由于她高明的接吻技巧,他们又做了很多次,实际上比他想象的会和一个长着鱼尾纹、笑声古怪、臀部出奇宽的女人一起做的次数还要多。那天晚上他回到家,仔细看了她给他的小挂件后,他立刻感觉很糟糕,因为,哇塞,你看得到照片上的鱼尾纹吧!当他看着西尔维娅站在照片中阳光照射的草坪上时,她的头向后仰着,快乐地笑着,她的鱼尾纹非常之明显,他脑海中立刻浮现出一个画面,她抱着一个婴儿大踏步地向他走来。突然,他对自己和一个长得如此不寻常的人一起做这件事深感失望,为了确保他不会因为无意中第二次和她做这件事而使事情变得更糟,他决定再也不给她打电话了,甚至还换了家银行。

他瞥了一眼那个漂亮但胖的女孩,发现她正向女厕所走去。

现在就是最好的时机。

他等了几分钟,然后起身,站在女厕所门口张贴着广告的软木板旁边,直到那个漂亮的胖女孩出来。

他清了清嗓子,问她,玩得开心吗?

她回答开心。

然后他说哇塞,她的头发看起来棒极了。就头发而言,他绝对言之有物,因为他是个专业人士。她在哪里剪的?他用手指捋顺她的鬈发,好像在寻找分叉,说他很乐意有机会能够修剪这一头秀发,并从衬衣口袋里拿出一张“免费剪发一次、咖啡一杯”的卡片。

“也许你可以找个时间过来。”他说。

“你真好。”她说着脸红了。

所以她是个娇羞的女孩。有点可爱的书呆子气,看起来不太自信。这太糟糕了。他喜欢自信的女孩,他觉得那样很性感。回头想想,谁又能责怪她?他有时会非常令人生畏。而且她缺乏自信,这也暗示他也许可以大胆一点儿。

“比如说,明天?”他说,“比如说,明天中午怎么样?”

“哈,”她说,“你倒是很快。”

“我希望不算太快。”他说。

“不,”她说,“不算太快。”

所以他搞定了她。她说他没有太快,难道她不是在暗示,他正以正确的速度前进?他现在要做的就是把这次买卖搞定。

“老实说,”他说,“从在驾校见到你开始,我就一直在想你。”

“你有吗?”她说。“我有。”他答道。

“那么你是说明天?”她说着又脸红了。

“如果你不介意的话。”他说。

“我可以的。”她回答道。

然后,她开始犹豫不决地回到桌子前,理发师冲进了男厕。太好了!太好了!太好了!搞定!是一次约会。他搞定了她。他简直不敢相信。真的,他玩这一套玩得那么聪明。他担心什么呢?他很可爱,女人们一直认为他很招人喜欢,从不介意他头发稀疏又胆小,他身上就是有股招女人喜欢的劲。

哇,她真漂亮,他给自己谋划得可真好。

回到桌边,詹克斯先生正举着宝丽来相机。他说他打算拍六张驾校学员的集体照,每个成员留一张,理发店老板站在那个漂亮的胖女孩后面,双手放在她的肩膀上,她伸出手轻轻抓住他的手腕。

6

在家里,老太太们把车停在车道上,老太太们把外套堆在沙发上,整个房子闻起来就像一股老太太的味道。圣坛和念珠会的成员在餐桌旁聚集,她们看起来很虚弱憔悴。理发师觉得她们看起来都一样,永远也不分清楚她们,有一个干瘪老太太穿着绿黄色套装,还有一个穿着粉色套装,另外两个穿着蓝色套装。他进来的时候,老太太们就问他妈妈他去哪里了,为什么他这么晚还出去,为什么他不在这里帮忙,平时他不是一个很好的儿子吗？妈妈说是的,他平时都是好儿子,只不过他还没有给她生孙子,而且经常一天洗两次澡浪费水。

“我儿子也有那个问题。”蓝色套装老太太说,“我的儿媳妇总是忽略我。”

“你的儿媳妇也忽略你吗?”粉红色套装老太太对妈妈说。

“他还没结婚。”妈妈答道。

“也许没结婚是和洗澡太多有关系。”绿黄色套装老太太说。

“也许他自视清高不愿和人亲近,”蓝色套装老太太说,“我儿子就是那样。”

“我女儿也是那样。”粉红色套装老太太说。

“她洗澡次数也过于频繁吗?”妈妈问。

“她没有。”粉红色套装老太太说,“她只是觉得自己比其他所有人都聪明。”

“你也认为你比其他人都聪明吗?”绿黄色套装老太太严厉地问道。感谢老天爷,这时妈妈伸出手来,拉扯住他的衬衫,顺便吻了吻他的脸颊。

“玩得开心吗?”她问道。然后集体照就从他口袋里掉了出来,掉进了蘸酱里。

“非常开心。”他说。

“这些人都是谁啊?”妈妈说,然后用手指擦了擦照片上的蘸酱,“这些人是你刚才去见的人吗?你拥抱的是谁?——这个大个的。”

“我没拥抱她,妈妈,”他说,“我只是站在她身后。她是我的一位朋友。”

“她块头很大。”妈妈说,“你闻起来有股啤酒味。”

“上周日你们见到林克夫人了吗?”绿黄色套装老太太说,“林克夫人永远不应该穿宽松裤。她穿宽松裤会显得她臀部很宽,宽到你只看到她的臀部。”

“似乎臀部都比她先到教堂。”粉红色套装老太太说。

“就好像她自己的屁股陪伴着她来到了教堂。”绿黄色套装老太太说。

“有些男人喜欢。”一个蓝色套装老太太说。

“瞧瞧他的脸,”另一个蓝色套装老太太说,“他喜欢大屁股。”

“偷腥的猫。”绿黄色套装老太太说。

“实际上我不认为她臀部很大。”理发师用一种淡然的口吻说,同时眼睛透过粉红色套装老太太的肩膀,俯视着照片。

“随你怎么说吧。”绿黄色套装老太太说。

“他喝了不少酒。”妈妈说。

他不在乎她们怎么想，他玩得很开心。他假装开玩笑，抓起照片冲向自己的房间，一步两台阶。这些可怜的老古董，她们都是超级孤独的，这就是她们为什么如此尖酸刻薄的原因。

加比加比，她叫加比，是加布里埃尔的昵称。

明天他们有约要一起吃午餐。

更确切地说是早餐。他们把约会提前到了早餐。因为在他们依靠着她的车亲吻的时候，她说她不确定自己是否能等到午餐再和他见面。他也有同感。甚至早餐似乎也遥遥无期。他希望她此刻就坐在他旁边的床上，握着他的手，透过小小的爬满葡萄藤的窗户聆听着老太太们离开时咯咯笑的声音。在他的脑海里，他正抚摸着她的头发，说他很高兴终于找到了她，她说她很高兴被他找到了，她从来没想到一个如此出众、胸膛如此宽阔、肩膀如此宽阔的人会爱上像她这样的女孩。开心吗？他温柔地问道。天哪，她很开心，她说。她很开心能坐在这间房子里，依偎着这个成绩斐然、卓然超群的男人。在他的脑海里萦绕的房子，不是现在的房子，不是一个豌豆绿色的农场，有一条倾斜、开裂的车道，而是一座湖边豪宅，在一条很长很长的林间小路上，旁边有一栋小房子给妈妈，他会用他从理发店的国际连锁店赚来的钱来付现金,购买这座豪宅。每一家连锁店都是他现在的理发店的完美复制品,他和加比参观他的伦敦英格兰店时,就把妈妈留在小房子里时。在这对幸福的夫妇进店时,英国连锁店的理发师们一如既往,掌声雷动,说:“向您道喜,祝您大吉!”

“我要把脏盘子留给你,罗密欧。”妈妈在楼梯下面喊道。

7

第二天一早,他泡在浴缸里,为约会做准备。他的维也纳小香肠漂浮着,像某种海洋生物,十根残趾搁在绿色瓷砖上。他神经兮兮地扭动着残趾,就像在墙上跳舞的弗雷德·阿斯泰尔一样。拿着毛巾,握住毛巾的一个角在水中打旋,毛巾也就更像海洋生物。一条蓝色的光线,一条蓝色的字母组合的光线,现在穿过了一片腹地——他的肚子,向另一个海洋生物——就是“香肠”——出击,想起埃德加叔叔在婚礼上说他的“枪手”不可行,他给了“枪手”一个很棒的、坚硬的、信心十足的晃动,好像在祝贺他的“枪手”非常可行。这曾是一把好枪手,非常好,非常好,尽管安·德曼曾经说过他是一个坏螺杆,但昨晚它硬得很快,在整个接吻过程中一直笔挺。至于同性恋,那是可笑的,他希望埃德加叔叔能看到那个大棒。

哦,他感觉很好。尽管有点疲软,他还是很开心。

他盯着放在水槽附近的宝丽来合照,用拇指和食指漫不经心地拨弄它。天哪,她真漂亮。和这样一个漂亮的年轻女孩约会,他真走运。那些老太太都是疯子,她才不算块头大,不比其他女孩的大……反正也没多大多少。她的肩膀和“麻烦”女孩的肩膀相比有多宽?他才不屑于回答这个问题。她本来就是完美的。他探出浴缸,仔细看了看照片。加比的肩膀可能比“麻烦”女孩的肩膀宽一点。绝对更宽一点。她的肩膀难道比白发女人的肩膀还宽吗?实际上,在照片中,她的肩膀甚至比乡下男孩的肩膀还要宽。

他不在乎,他只是真的喜欢她。他喜欢她的笑声和她多疑时扬起眉毛的样子,他喜欢当他们靠在她的车上,他把手移到她的胸部时她发出欢快的轻叹声的样子。他喜欢一边接吻,一边摸着她超级坚挺的胸部;几分钟之后,当他把手伸向她的两腿之间时,她说她觉得这今天晚上就到这吧。这点很好,能够说明她有良好的道德风尚,这表明她知道什么时候该叫停。

妈妈在她的房间里到处乱搞东西,砰砰作响。

因为有一段时间他一直很担心,担心她不阻止他。那样就会让人失望了。因为她几乎不了解他。他可能是任何别的什么人。有几分钟,他靠在车上,心想她是不是有点随便了。他现在想知道这个。有吗?他现在想知道吗?他现在想知道这个吗?那不是在怀疑她吗?那不是不忠诚吗?不,不,这也很好,诚实地看待事物并没有错。她也是这样吗,太随便了?或者换句话说,她为什么这么渴望?她为什么这么快就同意和他出去?为什么这么愿意如此轻易地把自己献给一个她几乎不认识的老家伙?他想他可能知道原因。可能是她身材的原因——因为她体型高大,和她同龄的男人都不会选择她。年近三十,她听到她的生物钟滴答作响,便决定是时候降低自己的标准了,有可能他正好出现了。可能在驾校看到他,她会想:既然所有老男人都喜欢年轻女孩,尽管自己身材高大,但拿下这个梨形体型、秃顶的老男人就没有问题。

是这样吗?真的就是这样吗?

"刚才有个女孩打来电话。"妈妈说着重重地靠在浴室门上,"一个女孩,叫加比或泰比,还是什么?说你们有约。她打电话是告诉你她要迟到了。是那个女孩吗,就是你抱着的那个胖女孩?"

他坐在浴缸里,注意到他的"香肠"被他紧张地攥在拳头里,松开它,它就歪向一边,就好像刚刚晕过去一样。

"帮那个女孩一个忙,米奇,"妈妈说,"取消吧。她对你来说块头太大了。你们两个不会长久的。你和谁都不会长久,甚至连和艾伦·威斯特,你们都没有在一起多久,她是那么好的一个人,你真的认为你会和泰比或者齐皮长久地在一起吗?”

当然,妈妈必须搬出艾伦·威斯特来。妈妈曾经喜欢艾伦,艾伦有一张端庄的脸,并且举止大方。她总是亲吻妈妈,然后夸妈妈是“那么伟大的母亲”来讨好妈妈。他记得有一次他和艾伦徒步到巴特纳特瀑布。两人手牵着手,甜蜜地相视而笑,然后站在薄雾中淋湿自己,真的很快乐。她说她认为自己是爱他的,这很好,只是,哇塞,她很高。只能和她牵手几分钟,不然背就开始疼了。他记得自己的背在水雾中作痛,而且他们在下山的路上吵了一架。嗯,关于艾伦,有很多事情妈妈都没有意识到,比如她脾气暴躁。他记得艾伦在小路上冲在他前面,不时回头怒目而视,只是因为他说了一句关于她的身高遮挡阳光的逗趣的话。难道他没有说过她能吃到他们路上经过的最高的树上的叶子吗?嗯,那很好笑,一切都是玩笑,为什么她要为这事如此生气?艾伦现在在哪里?她不是嫁给了埃德·特罗特吗?好吧,就算特罗特拥有了她,特罗特现在很有可能正承受着与瘦柴火棍小姐结婚的苦果。他记得最近在美通见过埃德和艾伦,艾伦怀孕了,看起来很奇怪,她把大肚子抵在手推车上，伸着长颈鹿般的脖子亲了亲埃德，埃德挂着一个憨憨的幸福的笑容，好像在说他是世界上最幸运的人。

理发师愤怒地从浴缸里站了起来。镜子里是他衰老的斑斑点点的三角肌和圆胸肌，还有他奇怪暗淡的小肚腩。

妈妈再次撞在门上。

“那么你的决定是？恋爱中的男孩，”她问道，“你取消吗？你打算打电话取消吗？”

“不，我不取消。”他说。

“唉，可怜的女孩。”妈妈说。

8

他从小到大每天早上都会在妈妈的一对玫瑰棚架之间穿过。上小学、初中、高中、理发学校的每天早上，他经常会从两个棚架之间穿过。他穿着棕色的灯芯绒裤和蓝色的紧领衬衫，现在正从两个玫瑰棚架之间穿过，还考虑为加比摘一朵玫瑰花，虽然这很老套，但他似乎看起来有点老态龙钟。取而代之的是，他用本来要摘玫瑰的手轻轻弹了弹玫瑰，然后在心里向弹破了花瓣的那朵玫瑰道歉。

天哪，这整件事都让他紧张，非常紧张，他多希望自己重新回到床上。

“米奇，我再交代一句话。”妈从门口向外冲他喊道，但他只是举起手向她挥了挥。

南街是一条老旧的街道。汽车转弯太快了。他常常怒视着上班路上飞驰的汽车，想象着司机们看着他走路的样子暗自发笑。因为在他特制的鞋子磨脚的日子里，他的步子迈得细细碎碎的。今天鞋子伤了脚。他不应该穿灰色的薄袜子。他有点在迈小碎步，但又努力想正常走路，因为如果加比顺着南街开车去店里见他的路上，看到他迈着小碎步，可该怎么办？

富勒顿大街上有三栋联排的房子，带有秋千。每个秋千下面都寸草不生。在最后一所房子那里，有个婴儿坐在光秃秃的地面上，用勺子拍打秋千。他拐到林肯大街，经过散发着酒味的烈酒市场和美好时期古董店。古董店里面有只快乐的小狗，像往常一样跳过白色长椅，扑倒在玻璃上。然后下一个街区他就看到了加比，她正盯着锁着门还未营业的店向内张望，他调整自己的小碎步，开始正常行走，尽管疼痛难忍。

她喜欢他的店吗？他头向后仰着，迈出大胆的步伐，这样会让他显得振奋开心。他既振奋又强大，脚指头都在用劲。在他的全盛时期，脚指头都跟着用劲。她有没有注意到店很整洁、很专业呢？还是她会注意到四把椅子是一种类型，而第五把完全不同？她会不会认为这家理发店是做老式的蓝发套的？——他以前曾听到一个年轻女人在倒垃圾时这么说。

她看起来怎么样？她看起来好看吗？

现在距离还太远，还无法看清。

现在她看到了。现在她看到了他。她容光焕发，像个小女孩一样朝他挥着手。哦，她很可爱。好像他们认识很久了。她看起来满怀希望。但是，糟糕。天哪，她块头真大。她穿错了衣服，穿的是紧身牛仔裤和紧身衬衫，仿佛是在考验他。天哪，这是他有史以来见过的她的块头显得最大的一次。她在做什么，试着让自己看起来最糟糕，来考验他？这里有一条小巷，他是不是应该拐进小巷，然后再打电话给她？还是不要打？以后不打电话给她？忘记整件事，假装昨晚从未发生过？——虽然现在她已经看见他了。他不想忘记整件事。昨晚，他很久以来第一次感受到自己不是一个在母亲储藏室的挤奶凳上手淫的人。昨晚他为驾校学员每人买了一根7号球棒，詹克斯称他为运动达人。昨晚她说他是个性感的接吻高手。

想着要忘记昨晚发生的事，他很难受。忘记昨晚是不可能的，但还有什么选择呢？嗯，她可以瘦下来的。这是一个选项，还是个好的选项。也许她所需要的只是有人告诉她简单的事实,有人让她坐下来对她说:看,你有一张令人难以置信的美丽、聪明的脸,但是从脖子以下开始,亲爱的,哇,我们有一些工作要认真地去做。在他们坦诚交谈后,她会送他一张卡片,上面写着:谢谢你的诚实,让我们共同努力把这件事做好。每天晚上,当她穿着内衣内裤站在镜子前时,他会指出她需要改进的地方。第二天,她会在健身房格外卖力地锻炼这些地方,要不了多久,头与身体的不协调就会消除。他想象着她穿着华丽的衣服坐在小桌边,欣赏着海景,感谢他安排的蜜月旅行。她出身贫寒,甚至从未去度假过,更不用说什么六周的欧洲之旅了。然后她说,亲爱的,为什么不放下这个月你们理发店国际连锁店为我们赚了多少钱这样的无聊报告,和我一起去卧室?这样我就可以向你展示我有多么感谢你安排了这次旅行。在卧室里,她开始宽衣解带,而且很擅长这个,不是她以前做过,不,她没有,她只是天生擅长。她一丝不挂,就在那里,有着完美的脸蛋和黛西·梅一样的身体,带着无条件的爱对着他微笑。

这并不容易,还需要做出很多努力。对于艰苦,他略知一二,这里以前是一家宠物店,他把它改成了理发店。打开柜台时,他发现了一只死老鼠。他从排水泵里拉出了三条身体已经僵硬的蛇。但他从未放弃,因为他是个能吃苦的人,他不怕艰苦的工作。她是个能吃苦的人吗?他不知道。但他会发现的。

他们会一起发现的。

她站在他的木凳旁边,在他商店的遮阳篷下,她黑头发的影子落在他的脚下。

这是一次多么疯狂的旅程啊,他对自己又多了几分了解!

“我在这儿。”她说,脸上带着娇羞迷人的微笑。

“我很高兴你在这儿。”他说,然后弯下腰去开门。

(陈楠楠　译)

瀑布

莫尔斯觉得穿过圣裘德广场会使他神经紧张、头皮发麻，就和过去在学校将要被开除的感觉是一样的。因为他觉得，如果他对着穿制服的天主教孩子微笑，他们可能会认为他是个傻瓜或者变态；如果他不微笑，他们又可能会认为他是一个被俗世折磨得愤世嫉俗的老牢骚包。当然从某些标准来评判，他感觉自己的确是个老牢骚包。尽管他肯定自己绝对不是变态，但是有的时候他也不能完全确定自己到底是不是一个傻瓜。对于这一点，他确信无疑，或者说，他相当确定。他相当确定的是，过分的自我肯定最终难免让人变成傻瓜，所以他认为谦卑才是最重要的，就在脸上摆出一副充满柔情地回忆自己青春岁月的男人所独具的表情。这张脸上没有显示出傻相或者变态模样，谦卑才是王道。

学校坐落在山坡上的枫树丛中，山坡向下倾斜，延伸到塔加纳克河，塔加纳克河自此由宽变窄，河流加速，一路流向布莱斯瀑布下游一英里处莫尔斯的小出租房附近。事实上，虽然这个出租房显得他处境窘迫，但是这个出租房却是他能租得起的最好的地方了。他明白自己应该心存感激，尽管有时候他一点也不会感激，反倒想知道自己到底是哪儿出了错；而其他时候，他对这个喷了含铅油漆、皮在脱落的歪七扭八的蓝色小棚屋还相当满意，并且对那些租住的地方甚至比他租的鬼地方还要小的可怜人感到非常同情。这就是此时此刻在明媚的阳光下，他继续沿着绿色的河流愉快地步行回家，而河流的两旁排列着豪宅，他对豪宅的主人深恶痛绝时，他的所思所想。

莫尔斯又高又瘦，像一座即将被谴责的教堂一样灰暗阴沉。他的裤子太短了，他脸上的表情周期性地陷入紧张、不由自主的笑容，笑容很快就消失了，就仿佛他刚刚遭受了剧痛一样。工作中，他以急促的狂笑、一阵阵突如其来的热情以及随之而来的尴尬中断自己的谈话而为人所知，具体表现为突然把手伸进口袋，然后再把手从口袋里抽出来，对自己的羞愧感到太难为情，而不能再站在那里多扮一秒钟鬼脸。

从他身后的小路上传出了一连串无节奏的大步伐的声音。他回过头去看，发现是奥尔多·卡明斯，这是一位奇怪的人。尽管卡明斯已经年近四十岁了，却仍然和他的母亲居住在一起。卡明斯没有工作，即使在隆冬腊月，他也把刘海剪得很短，还穿着运动短裤。莫尔斯希望卡明斯不要和他打招呼、说话。当卡明斯没有和他搭讪，而且，实际上卡明斯经过他身旁，甚至都没有回以紧张而谦逊的笑容时，他开始为怀疑卡明斯想要和他搭讪而感到内疚，然后令他恼火的事情就变成了卡明斯甚至连市政厅的清洁工都会去搭讪，却没有想和他搭讪。他做了什么冒犯卡明斯的事儿吗？有可能卡明斯不喜欢他。这让他烦恼，他也开始烦恼像卡明斯这样的怪人是否喜欢自己。他是个自寻烦恼的人吗？这让他感到烦恼。为什么他要烦恼？他所有要做的事情不过就是回到家中去和他美丽的孩子们共享天伦之乐，以及对这个世界上的种种事情漠不关心。尽管从另一方面来讲，罗伯特的钢琴演奏会肯定会是一场灾难，因为罗伯特从来没有练习过，他们家没有钢琴，甚至他们也不确定独奏会在哪里举办或什么时候举办。还有安妮，上帝保佑她。安妮吃了他为罗伯特练习所做的硬纸板琴键。当他回到家时，他会给罗伯特再做一个新的硬纸板琴键，并要求他练习。他甚至可以命令他练习。他甚至可以命令他自己制作一副纸板琴键，然后再练习弹琴，尽管这不太可能，因为当他对罗伯特来硬的的时候，罗伯特又哭又闹。莫尔斯很爱罗伯特，他不能忍心看着罗伯特又哭又闹的样子，尽管他如果不对罗伯特强硬，罗伯特还是会倾向于躺在床上，用棒球手套遮住自己的脸。

天哪，但生活可能不那么轻松，不是他没有意识到生活肯定会更糟，而是处在这样的状态，高血压、脸通红，他非常担心有人会注意到自己有多紧张，显然这称不上是理想的状态。他确信他的身体正在分泌各种有害的化学物质，而且他越担心那些有害的化学物质，那些物质从其源头倾泻出来的速度就越快。

当回到家时，他会坐在台阶上，一边享受几分钟自信的呼吸调整，一边念着咒语“冷静下来，冷静下来”，直到孩子们跑出来抓住他的腿——有时孩子们兴奋，甚至还会咬他一口——露丝走出来用愤怒的语气提醒他，不是只有他一个人工作了一整天。当他走路回家的时候，他经常眺望着美丽的塔加纳克河，试图汲取它的宁静，而事实上，他却发现自己总是会禁不住想起大门上有问题的门闩，理论上安妮能从那个坏掉的门闩留出的缝隙里跌跌撞撞地走出院子，掉进河里，而他想象自己在岸边哭泣。为了彻底消除这种想法，他开始一边狂躁地吹口哨《星条旗永不落》，一边用手拍打着自己的身体两侧。

卡明斯快速走过刚刚翻新过的磨坊，为自己故意这样怠慢冷落莫尔斯而感到高兴。莫尔斯是这个阴谋家社区里一名自鸣得意的中坚分子，这个社区是压迫性的压迫者联盟之一，他们不会明白这位奋斗中的艺术家的命运，尤其是这位奋斗着的艺术家展现出了伟大而尖锐的个人尊严，而且咬了他被涤纶裤包住的屁股。松树街桥上有一片浓密的云。卡明斯对着脑海中虚构的采访者说，可能会下雨，下雨会让晴朗的天空变得越来越晴朗，因为要弥补下雨的日子，弥补短暂的损失。在时间的飞逝中失去这短暂的一天，不可一世的时间，不可一世的太阳初升的时间，这恶棍。时间使我们所有人都变成了废物，可不是吗，它憔悴的脸颊和它那墓穴中的回声，以及用皮包骨似的手指的严厉点拨。手指指着，似乎是在警告，又仿佛在劝诫："我奉劝你啊，人类，要记得自己那终将到来的死亡。死亡它即将来临，尘世的烦恼，也即将来临。不要以为它可怕的墓布不会停留在你紧锁的额头。很快，一旦我从自己满是灰尘的书里选择了你的命运数字，就用我现在指着你的那根皮包骨的手指指着它，你虚荣中的虚荣、你的光彩照人、你的逃避责任、你蹒跚而行追随世俗寻欢作乐的场所，尘世的烦恼就会马上来临。"

那还是好的一面，前提是他能在余下的漫步和即将来临的暴风雨中记住它，能够激情洋溢地在黄色便笺簿上潦草地狂写一通。他热切地想念着他那空白的黄色便笺簿，想念着，热切地想念着他那空白的黄色便笺簿。就是在这本黄色便笺簿上，就是在这一天，他将会铸就他的名望，不对——在这本黄色便笺簿上，在同一天，预示着他最初的声望的草稿将被他创造出来，或者更确切地说是被书写出来，而有那么一天，有一些人会发现他的黄色便笺簿，然后放声高呼“我找到了！”——因为他们意识到他们找到了一份多么翔实而又多么关键的纪要。那时，不会有各种穿着黑色短夹克的文学女性争相要求和他见面吧？

日后，他必须要常常记得随时随地携带他的黄色便笺簿。

小镇曾经在河边建了个造币厂，现在流水汩汩、水沫飞溅的塔加纳克河流经一家在翻新的磨坊里开着的美甲沙龙、一座老煤塔里的咖啡馆，还有一座古朴的公共广场。在那儿，有些发型奇特的高中生正想要把足球踢进广场上停放着的小马车半开着的窗户里，喜悦中尽显好战，令人厌恶。他们似乎相信了自己是第一位行走在地球表面的男孩，莫尔斯为此感到担忧。

如果安妮长大并把其中一个怪胎带回家，该怎么办？当然，肯定不会是这些彻头彻尾的怪胎，因为他们大约比她大十五岁，尽管很可能在二十岁时她会带他们其中一位回家，那个时候那个人已接近三十五岁——除非他死了，他们跨过他的尸体回去——尽管他非常清楚，即使安妮真带刚刚把球成功踢进小马车并欢快地跳起来、赤着胸部相互撞击的怪胎回去，他也不会将那个三十五岁的怪人赶出家门，而是会愿意为他准备咖啡或者软饮，来劝阻他，请他不要腐蚀安妮，看在上帝的分上，安妮还是个孩子。因为莫尔斯非常清楚自己内心是什么样的人，他胆小怕事、躲避冲突、容易上当受骗，他伤心地回想起了毕业那年伦恩·贝克曾经算计他，骗他把自己的屁股涂成蓝色。如果实际上真有一个秘密的“蓝屁股俱乐部”，并且需要在屁股上绘画才能入会，那也是够够的了，但是在毕业舞会前夕发现自己把屁股画成了蓝色仅仅是为了娱乐一小撮冷酷无情的游泳者，随后他们又把一些照片给了他舞会上的舞伴，这太让人抓狂了。莫尔斯很高兴，实际上至少在开始的时候他很高兴，贝克喝醉了，试图游到“佛里礁石”，但却没有成功，在黑暗中被水冲进了瀑布，这是他们毕业那一年最大的一场悲剧，正是这个印在全班集体记忆中的悲剧仁慈地淡化了大家对莫尔斯蓝屁股事件的记忆。

两个红发女孩乘着绿色的独木舟，顺流而下。她们对他大喊大叫着什么，他挥了挥手去回应。她们喊叫的会是侮辱性的语言吗？当然，这也确实是有可能的。当然，今天的孩子不怎么尊重权威，尽管人们不得不承认，这里面总是会有他们的邻居本·阿克巴尔——一个巴基斯坦小天才，有时他会让莫尔斯看不惯罗伯特。本是全州大提琴手，他对小孩子总是很温和，爱好陶艺，还可以单手做俯卧撑。啊，本·施曼，莫尔斯想，十个本也抵不过一个罗伯特，尽管他想不出罗伯特在哪个领域比本优秀或者和本持平。本这个人自作聪明，尽管他对本并没有什么敌意，况且本还是个小男孩，但是如果哪怕只有一分钟，本认为自己比罗伯特更有成就、更友善、更有才华，他多多少少就能对罗伯特摆摆架子、耍耍威风，那么本就想歪了，虽然这并不是说本真的曾对罗伯特作威作福过。恰恰相反，罗伯特经常对本摆架子、耍威风，或者总是想那样做，尽管他总是以失败告终。因为本太过机敏，决不会上罗伯特这样的骗子的当。莫尔斯意识到他刚刚管自己的儿子叫骗子，脸突然唰的一下变得通红。

天啊！哦，天啊！生活会是一场折磨吗？生活有没有可能迫使一个人进入一个阴暗陌生的地方，在那里他发现自己做了一些不雅的、不可原谅的事情，比如诽谤他心爱的长子。但愿他能逃离“放射器公司”，做一些有意义的事情，比如发现一种关键的新疫苗。但是为时已晚，他从来不擅长生物学，而且事实上他还挂科两次。但是在阳光下晒会太阳，当然是再好不过的事情了。如果他是一名饱受折磨的战俘就好了，他不仅会闭口不招供，还会冒着极大的个人风险带领其他囚徒高唱赞美诗，该有多好啊。如果他能亲眼看到一次真正的奇迹，或者从刺客手中营救总统，或者赢得“乐透”彩票并将其全部捐献给慈善机构，该有多好啊。要是他能参与某个伟大的历史事件，就像他在公共广播公司一台节目中看到的那样，在“海马特暴乱”中受重伤，或者是认识迈德加·埃弗斯，或者在“泰坦尼克号”事件中失去了天使般的母亲，该有多好啊。他童年的梦想曾经如此灿烂光明，他曾经希望获得那么多的东西，他不可能是一个名不见经传的小人物，尽管从另外一方面来说，是什么样的人才会将一生中最美好的时光浪费在咒骂复印机上？这并不是说他有怨言，也并不是说他没有意识到自己有很多需要心存感激的地方。他爱他的孩子们。他喜欢当他把洗衣篮搁在门边顶住因房屋下沉而关不住的房门时，床上的露丝在烛光下的样子，他喜欢他进入时她脸上的表情，他喜欢她轻描淡写地嘲笑他的蓝屁股事件的语气，尽管他并不是那么喜欢她有时一吵架就拿这件事情说事。比方说，在钢琴被拿去抵债的那个可怕的夜晚，或者是她当着孩子的面，把家庭贫穷归结于他消极被动不思进取。他也不喜欢她对罗伯特的空手道李教练十分痴迷的样子，因为她一周拖着罗伯特去上六次课，这可怜的小家伙筋疲力尽。但关键是，尽管有一些磨难，他还是真心实意地爱着露丝。如果他们的身体机能衰退并且开始发胖，他们在黑暗中一丝不挂，而罗伯特仰慕着电视上高大魁梧的运动员，却横眼看着莫尔斯圆滚滚的、长满粉刺的后背，又会如何呢？没有关系，因为有一天，罗伯特自己的后背也会变得圆滚滚的、长满粉刺，他会感激他的父亲，为了家庭的利益克制了自己小小的愿望。但是，如果上帝眷顾，罗伯特那时会有一个体面的职业，有经济能力去健身房锻炼，也该有钱去医院看皮肤科医生。

莫尔斯停下了脚步，想知道飞向瀑布的独木舟中的两个小女孩到底在干什么，而且船上明显没有桨。

卡明斯向前走着，凝视着一片神秘幽暗的乔木树林。这让他想起了他在《原型幻象之书》中编号为 114 的原型幻象，前不久他妈妈那个笨蛋刚把葡萄汽水洒在了书上。幻象 114，暮色中站在一个古老茂密森林的边缘，身后就是自己的住所，自己安全的避风港，而前方则是深不可测的“蛮荒”，黑暗可怕的熊在昏暗的女巫大集会中若隐若现。如果他想要用他那点智商沉浸于“原型幻象”这么复杂的事物之中，那紧张不安的工薪奴莫尔斯又会作何感想呢？哈，莫尔斯，卡明斯想，我很高兴我不是莫尔斯，他是个穿着工装裤的笨蛋家伙，拖着沉重的步伐回到家中，回到在沙土中摸爬滚打、衣衫褴褛的臭小孩身边。他们那号人天生都是一个德行，一双泥腿子插入传统陈规的无底洞里，像旅鼠一样在缺乏活力、死气沉沉的办公隔间工作，却还感到快乐。同时，他们在割草机来回换行的间隙中比较彼此手中所持的股票和债券，然后一边咯咯地笑，一边把他们的乳儿抱在“任天堂”的怀抱。卡明斯认为那是一个强有力的意象，这个意象让他可能把一个陷入沉思的夜晚变成一场振聋发聩的开场白，某些好莱坞的老滑头可能会像抢烤饼一样把它抢到手，那样他就会有钱给妈妈买雷克萨斯了，然后他会和一个随随便便的长腿女孩一起去巴黎。当然在那之前，他需要花些时间练练哑铃，强身塑体，来吸引那个女孩的身心。在巴黎，这个长腿女孩可能会身穿一条紧身皮裤，坐在一张古董床上，肩上披着漂亮的披肩或毯子，用她大大的眼睛凝视此刻正站在阳台上沉思着巴黎的雨水等诸如此类的他。而他只是出于好意往家里邮寄一张明信片，莫尔斯和他那一大家子难道不会妒忌难当吗？

当T恤衫上印着他版税昂贵的头像，还有他纹章式的狮子般的面孔，有人这样形容，每家廉价商店均有销售的时候，他穿上一件白色惠特曼式的套装在走廊上举办见面会，而妈妈在他身后周旋，一边把关于他作品的一切统统搞错，一边向他的众多崇拜者分发傻不拉叽的小吃时，整个社区难道不会跪在他面前追悔莫及吗？当内德·温茨这样旧日里的足球运动员开始向他讨教十四行诗时，难道不是迎来了一场甜蜜的复仇吗？而要使这些事情成为现实，所需要的无非只是一些纸笔，以及堂吉诃德式的喋喋不休的才华，而短时间之内不会再出现类似的人物了，评论家们会这样写，坦率地讲，其他人不可能拥有他这样的才华。在走到瀑布之前，他进行了最后一轮狂想，为他未来的一切可能而感到欣喜若狂。他看到一艘夏草绿颜色的独木舟撞在了“礁石”陡峭的上游壁上。船里的女孩被甩向船头，她们张开嘴巴在泡沫飞溅的波浪中嘶喊尖叫，而波浪声吞没了她们的声音，船沿着一条缝隙被一分为二，河水以惊人的速度迅速占据了船身。卡明斯目瞪口呆地站在那里，身体像触了电一样，脖子后面的头发都竖了起来，他想着自己必须要做些什么事情，女孩们血流满面，但是该怎么办呢，水流湍急又冰冷，可是我必须得做些什么。然后他跌跌撞撞地走过护堤，寻求帮助，却只看见一块农田，高高的干枯的玉米横在眼前。

莫尔斯开始奔跑。很有可能这很愚蠢。很有可能女孩们在岸上安全的地方，如果不是的话，帮助她们的人也已经在路上了——尽管有可能女孩们没有安全地待在岸上，帮助她们的人也没有在路上，并且事实上，甚至有可能在来的路上、帮助她们的人就是他。这就令人担忧了，因为他从来都不能很好地处理压力，或者化解危机，通常他都是站在那里，半张嘴巴，脑海里在辩论着到底这些选择中哪一个会更好。来吧，来想一想。有可能，甚至极有可能，船已经掉进瀑布或撞在了礁石上。他想起了里根执政初期，曾经发生过通过绳索桥救出“大机遇号”游轮上的船员的事件。他希望已经有几个汗流浃背、坚决果断的人出现在现场，其中一个会让他去打电话，可是如果在路上他忘记了电话号码，不得不折返回去让那个汗流浃背、坚决果断的人重复讲一遍电话号码呢？如果这次的失败让露丝知道了，她会感到十分羞愧难当，因此会和他离婚，并且禁止他见孩子——因为他是一个如此惊慌失措的失败者，所以孩子们无论如何都不会想见他。这当然不是积极的思维，这无疑是消极地预言灾难的一个例证。因为，谁知道呢，也许他会站在队伍里去帮助那些坚决果断的男人，蒙受严重的绳索勒伤，然后绑着绷带回家，仿佛是一个英雄；没准这让露丝觉得他很性感，很爷们儿，他们会彻夜庆祝他崭新的男人气概，在热烈的云雨亲热过程中交换几句甜言蜜语。但是在这样一个时刻，在孩子生命危在旦夕的情况下思考这样的事情，算哪门子事？他是个坏人，这不用说。他这个人就没有真诚可言。相比而言，其他人则想法简单，也更能透彻地看待这个世界。他自私虚伪，把一切事情都给搞砸了，他希望这不是他注定又要搞砸的一件事，因为搞砸救援和忘记邮寄儿子生日派对的邀请函是完全不同的两件事——他最近刚这么干过，为此他们确实花了一小笔钱来纠正这个失误，还差点要还不上信用卡——但问题是，这很严重，他不得不承受。他把瘦弱的腿伸到前面，笨拙地弯着腰，衬衫下摆在身后摆动，膝盖老毛病又犯了，隐隐作痛。他告诫自己抛开一切自我怀疑和消极的情绪，一旦他绕过弯，评估了眼前的形势，就准备不惜一切代价，努力去协助那些坚决果断的人。

但是当他绕过弯道评估情况时，并没有发现任何绳索桥，也没有发现任何坚决果断的人，唯有一只独木舟即将在礁石的底部破裂，还有两个穿着同款毛衣的小女孩正在尝试用诱饵桶往外舀水来摆脱困境。怎么办呢？真让人惊悚。去寻求外援？冲刺到奥特莱斯购物中心，并从“刀具世界”找到电话打911？没有时间了。独木舟在他眼前下沉。可能他在到达8号公路之前，那两个女孩就已经溺水身亡了。会不会其中一个女孩可以游到礁石？当然她们谁也不可能游到。没有人曾这样游过去。他是游泳的一把好手吗？他充其量也只能算中等。因此，他将不得不找外援。但是跑步是徒劳的，因为没有时间了，他刚刚认识到这一点，而且游泳也是不可能的，因此女孩们必将死掉。她们基本上已经死定了，尽管不能这样，这样太让人伤心了。今天早上为女孩们穿上同款毛衣的母亲又会怎样，她能承受吗？她将如何面对这些？很快，她的女儿们就会赤裸着、全身青紫，躺在桌子上，人已经死亡。不堪设想。他想到罗伯特赤裸着、全身青紫，躺在桌子上，人已经死亡。该怎么办呢？他强烈地希望自己此刻不是在这里，而是在其他什么地方。可是船里的两个女孩现在看见了他，而且她们挥动着双手，仿佛在说她们快被淹死了。天哪，她们不会以为他是盲人，压根没看见她们吧？她们会不会以为他是傻瓜呢？他会是她们的父亲吗？她们会不会以为他是救世主？她们曾疯狂地呼唤着他，但是她们死了，她们已经死了，就像死去的古人一样，但是他还活着，他还有家庭，他的家人需要他。想都不用想，没有人可能会为此去责备他。他的喉咙里发出低沉而绝望的声音，随后他踢掉自己的懒汉鞋，把他颀长又难看的身体抛向水面。

（陈楠楠　译）

版权合同登记号：图字：11－2018－234号

图书在版编目(CIP)数据

天堂主题公园/(美)乔治·桑德斯著；张伟红，陈楠楠译．—杭州：浙江文艺出版社，2021.6
ISBN 978－7－5339－6476－4

Ⅰ．①天…　Ⅱ．①乔…　②伟…　③陈…　Ⅲ．①短篇小说－小说集－美国－现代　Ⅳ．①I712.45

中国版本图书馆CIP数据核字(2021)第084968号

统　　筹　曹元勇
策划编辑　李　灿
责任编辑　王丽荣　易肖奇
营销编辑　张赟喆　耿德加
责任印制　吴春娟
装帧设计　人马艺术设计·储平

天堂主题公园
［美］乔治·桑德斯　著
张伟红　陈楠楠　译

出版发行　浙江文艺出版社
地　　址　杭州市体育场路347号
邮　　编　310006
电　　话　0571－85176953(总编办)
　　　　　　0571－85152727(市场部)
印　　刷　上海中华商务联合印刷有限公司
开　　本　850毫米×1168毫米　1/32
字　　数　130千字
印　　张　7.625
插　　页　4
版　　次　2021年6月第1版
印　　次　2021年6月第1次印刷
书　　号　ISBN 978－7－5339－6476－4
定　　价　52.00元(精装)

一本书打开一个世界